서 울   오 아 시 스

김채원 소설집

서울 오아시스

초판 1쇄 발행 2025년 1월 10일
초판 2쇄 발행 2025년 2월 12일

지은이 김채원
펴낸이 이광호
주간 이근혜
편집 이주이 유하은 김필균 허단 윤소진
마케팅 이가은 최지애 허황 남미리 맹정현
제작 강병석
펴낸곳 ㈜문학과지성사
등록번호 제1993-000098호
주소 04034 서울 마포구 잔다리로7길 18 (서교동 377-20)
전화 02)338-7224
팩스 02)323-4180(편집) / 02)338-7221(영업)
대표메일 moonji@moonji.com
저작권 문의 copyright@moonji.com
홈페이지 www.moonji.com

ⓒ 김채원, 2025. Printed in Seoul, Korea

ISBN 978-89-320-4347-0 03810

이 책은 서울특별시, 서울문화재단 '2023년 첫 책 지원사업'의 지원을 받아 발간되었습니다.

김채원 소설집

서 울   오 아 시 스

문학과지성사

차례

현 관 은 수 국 뒤 에 있 다

몹시 무더운 아침 무렵, 동우와 석용은 햇빛을 피해 자양동 거리의 지하도를 따라 걷다가 자판기 사진을 찍는 기계를 보았다.

"사진 찍을래?"

석용이 물었다.

"아니."

동우가 대답했다.

두 사람은 자판기 사진을 찍는 기계에 들어가 자판기 사진을 찍었다.

플래시가 터지는 기계가 아니었는데도 어째서인지 얼굴이 전부 하얗게 뭉개져 있어 두 사람은 사진을 오래 들여다볼 것도 없이 각자 주머니에 넣고 다시 걸었다.

"창문만 보면 뛰어내리고 싶게 만드는 약이 있대."

석용이 말했다.

"그걸 먹게 되면, 창문을 볼 때마다 웃으면서 전력으로 달려간다는 거야. 뛰어내리려고. 기분이 어떨까. 아무래도 이상하겠지. 영영 안 올 줄 알았던 사람이 저편에서부터 성큼성큼 다가오고 있는 것처럼 느껴지는 거겠지. 창문이 마치 그 사람이라도 되는 것처럼. 성큼성큼."

성큼성큼,이라고 말을 하면서 석용은 보폭을 크게 하여 동우를 앞질렀다.

"가스를 마시는 것과는 차원이 다르대. 그런 건 그냥 애들 장난 같은 거고 이건 장난이 아니라는 거야. 진심 같은 거지. 진심은 아니고…… 진심 같은 거. 더 좋은 거."

석용의 말을 듣고 있던 동우는 잠깐 딴생각을 했다. 그것은 1층에 대한 생각이었다. 창문을 보고 전력으로 달려가 바깥으로 뛰어내렸는데 그곳이 겨우 1층이었다면 기분이 어떨까. 아무 일도 없이 바닥을 딛고 서 있는 두 발을 내려다보게 되면 어떤 기분일까. 동우는 아무 일도 없이 바닥을 딛고 서 있는 자신의 두 발을 내려다보면서 고개를 갸웃거렸다. 아무래도 이상하겠지. 실망이 너무 커서 어리둥절하기도 하겠지. 뭐야? 씨발, 이게 뭐야……

"내 말 듣고 있어?"

석용이 물었다.

"아니."

동우가 대답했다.

두 사람은 약속 장소에 조금 늦게 도착하여 성아에게 사과를 했다.

"늦어서 미안."

"잘 왔는데 왜 사과를 하냐."

"늦어서."

"괜찮아."

동우와 석용과 성아는 약속 장소로 정해두었던 양철 광고판 앞에 모여 땀에 젖은 얼굴을 찡그리고 얼마간 서 있었다. 가까이에 빨래방이 있어 장미 문양이 인쇄된 산호색 비닐에 납작하게 말린 옷가지나 이불을 가득 담아 나오는 사람들이 종종 보였다. 싸구려 세제 냄새. 지름길. 굴착기 소리. 세 사람은 눈에 보이는 것을 순서 없이 구경하고 나서 본 것들을 전부 잊어버렸다.

"제 동생 어디로 갔는지 알아요?"

킥보드를 탄 아이가 물었다.

"알아."

세 사람이 대답했다.

"그런데 기억이 안 나."

세 사람은 걸었다. 은행나무 아래를 지나 공용 광장에 들어서자 음수대에 반사된 햇빛이 세 사람의 얼굴을 환하게 비추었다. 세 사람은 누군가 자신의 얼굴에 일부러 자꾸 햇빛을 쏘는 것 같아 주위를 둘러보았다. 아는 얼굴이 없었다. 배를 다 드러내고 벤치에 누운 늙은 남자가 혼자 웃고 있을 뿐이었다.

"야, 너희. 이것 봐라." 세 사람은 남자가 보여주는 몇 개의 흉터를 보았다. "담배로 지졌나?" 석용이 혼잣말을 했다. "그게 아냐. 내가 쓸개 수술을 받았거든."

"다 나았네요."

동우가 말했다.

"맞아. 멋지지?"

남자가 물었다.

"멋지네요."

성아가 대답했다.

세 사람은 다시 걸었다. 세 사람의 옆으로 네 사람의 남자와 두 사람의 여자 그리고 모자를 쓴 도장공이 지나갔다. 이대로 광장의 중심에서 벗어나 조금 더 걸어가면 오래된 공터와 농구대가 나타날 것이었다. 농구대가 눈앞에 나타나면, 농구대의 둥근 테에 매달린 과거의 기억들을 새롭지 않게 떠올릴 수도 있을 것이었다. 탈구된 팔다리. 체육 시간. 푸른 뜰. 철봉들. 작은 아코디언. 배앓이. 식곤증. 포도당 알약들. 그러나 세 사람은 거기까지 걷지 않았다.

세 사람은 걷다가 멈추어 섰다. 술 자국이 묻은 담장 너머에서 피아노 소리가 들렸다.

"『바이엘 3』이네."

성아가 말했다.

『바이엘 3』. "오른손으로 건반을 네 번 누를 때 왼손으로는 열두 번을 눌러야지." 동우와 석용과 성아는 모두 같은 목소리를 떠올렸다. 그것은 교정 시설에서 음악 수업을 담당하던 여자의 목소리였다. 시간이 많이 지났는데도 여자의 목소리는 잡음이 섞이는 일 없이 세 사람의 머릿속에서 여전히 선명했다. "바이엘은 보통 초등학생 때나 배우는 거야. 너희는 지금껏 뭐 했니? 학교에서 병신같이 친구들 괴롭히는 짓 말고는 할 줄 아는 게 아무것도 없었지?"

"하하, 정말이야."

성아가 웃었다.

"재미있어?"

석용이 물었다.

"아니."

성아가 대답했다.

오늘은 평일이었다. 토요일, 일요일, 공휴일이 아닌 보통 날. 아무 날도 아닌 날. 동우와 석용과 성아는 친구인 유림이 새벽 일찍 자살했다는 연락을 받고 다시 서로에게 연락을 하여 만나기로 했다. 먼저 메시지를 보낸 것은 성아였다. 「일하냐」「아니」「만나자」「그래. 근데 너 지금 누구한테 만나자고 하는 거야?」「너」「나?」「아니 둘 다. 너희 어디야?」「얘네 집」「뭐 하는데」「게임 중이야. 방금 우리 건물에 소음을 내는 세입자가 들어왔어. 이거 쓰레기차 비워야 하나?」「비우지 마」「그게 무슨 게임이야?」「프로젝트 하이라이즈」. 바깥에서 만나기로 한 세 사람은 만나서 무엇을 할 것인지에 대해서는 따로 이야기하지 않았는데, 그것에 대해서는 따로 이야기하고 싶지 않아서였다.

"뭔가 좀 이상하다."

석용이 말했다.

"비가 온다고 했는데. 비도 없고 엄청 덥기만 하다."

석용이 고개를 들어 하늘을 보았다.

"여름은 원래 더워."

동우가 말했다. "그렇게 이상한 일은 아니야."

석용은 얼굴 위로 쏟아지는 햇빛을 견딜 수 있는 만큼 견디고 다시 고개를 숙였다. 시야에 남은 태양의 잔상이 눈을 감았다가 뜰 때마다 조금씩 흐트러졌다. "야, 뭔가 좀 이상하다……"

"이렇게 더운데 성질나게 계속 걸을 거야?"

성아가 물었다.

"밥 먹자."

동우가 대답했다.

세 사람은 보행로 주변에 자리 잡은 간이식당에 들어가 백반을 시켰다.

"닭강정 먹고 싶어." 석용이 말했다. "나는 냉동 피자 먹고 싶다. 파인애플 들어 있는 거." 성아가 말했다. 동우는 말없이 서랍에서 젓가락을 꺼냈다. 천장 모퉁이에 비스듬히 달린 선풍기가 일정한 간격으로 소리를 내며 돌고 있었다. 가게의 주인이 주방 바깥으로 얼굴을 내밀었다. 이른 아침이라 문을 연 지 얼마 되지 않아 백반이 나오려면 시간이 꽤 걸린다고 했다. 동우와 석용과 성아는 백반이 나올 때까지 얌전히 기다리겠다고 말했다. "그 정도야."

성아는 살균기에 들어 있던 컵을 꺼내 물을 담아 마셨다. 동우는 차가운 물이 담긴 컵을 건네받아 뺨에 대고 열을 식혔다. 석용은 바닥에 떨어져 있는 동전을 주워 식탁 위에 놓았다.

"돈 주웠다."

석용이 말했다.

"동전이야."

성아가 말했다.

"그럼 이거 네가 다 사는 거지."

동우가 물었다.

"그럼, 내가 다 사지."

석용이 고개를 끄덕였다. "빌린 돈 안 갚아도 되거든."

세 사람은 입을 다물고 백반이 나오기를 기다렸다. 동우와 석용은 옆자리에 앉은 남자들이 젓가락으로 두부를 네 등분하여 잘라 먹는 것을 보았고 성아는 보지 않았다. 성아는 카운터에서 배즙을 판다는 글씨를 읽고 있었다. 배 상자, 알코올버너, 냉장고, 모기향, 맥아음료, 옥수수튀김. 직접 재배한 재료들로만 만든 햇배즙 팝니다. 세 사람은 백반을 다 먹고 식당을 나올 때까지 말을 하지 않았다.

"얼마 빌렸는데?"

동우가 물었다.

"3만 원."

석용이 대답했다.

세 사람은 유림이 살던 원룸에 남아 있는 물건들을 정리하기 위해 역까지 걸어가다가 누군가 일반 호출로 예약해 둔 우버 택시를 발견했다. 그것을 몰래 빼앗아 탔다. 성아는 택시를 예약한 사람이 뒤따라올 것도 같아 뒷좌석에 앉아 뒤를 돌아보았다. 정말로 누군가 달려오고 있었다.

"온다. 온다."

성아가 들뜬 목소리로 말했다.

"누가 와?"

석용이 성아가 보고 있는 쪽을 함께 돌아보며 물었다. 두 사람은 한 남자가 다가오는 모습을 지켜보았다. 어떤 것이 속임수라는 걸 알게 되어도 그것에 속으려는 마음이 남아 있다면 언제라도 다시 속을 수 있다고 평소에 두 사람은 생각했다. 빨리, 더 빨리 와야지.

마치 일이 일어나기를 기대하는 것처럼 두 사람은 주먹을 쥐고 남자를 노려보았다. 손목에 찬 시계를 확인하며 달려오던 남자는 빠르게 택시를 지나쳐 골목을 돌아 사라졌다.

"아니었네."

성아가 다시 앞을 보고 자세를 고쳐 앉았다. "기대를 했는데 말이야."

석용과 성아와 동우는 얼굴을 모르는 예약자가 앞서 설정해둔 목적지로 가기로 했다.

"136번지, 맞아요?"

운전기사가 물었다.

"네."

세 사람이 대답했다. 택시가 출발했다.

차창 너머로 보이는 풍경이 남서 방향으로 달리는 택시의 속력에 비례하여 엉망으로 흔들거렸다.

에어컨을 틀어둔 택시 안에서 멀미를 하던 성아는 차창을 열고 아까 먹은 것을 토했다. 도로 가장자리에 무성하게 자란 풀 위로 토사물이 후드득 떨어졌다. 운전기사가 라디오를 끄고 속력을 낮추었다. 옆에 앉은 석용이 성아의 등을 두드려주었다. 조수석에 앉은 동우는 식당에서 가져온 물과 사탕을 성아에게 주었다.

"아가씨, 시트에 토해도 돼요. 요즘은 또 벌금을 크게 내게 되어 있어서."

운전기사가 장난을 걸 듯 말했다.

"그럴까요?"

성아가 물었다. 운전기사는 대답을 하지 않았다.

바깥에 토를 다 한 성아는 이제 닫힌 차창에 머리를 기대고 졸다가 깨어나기를 반복했다. 꿈인가, 아닌가. 성아는 싱거운 맛이 나는 사탕을 입안에서 굴리는 동안 그것에 대해 생각하다가 완전히 잠이 들었고 완전히 잠들었기에 꿈을 꾸지는 않았다.

꿈을 꾸고 있는 것은 석용이었다.

어둡고 조용한 밤이었다. 석용은 바람이 흩어지는 소리를 입으로 따라 하며 걷고 있었다. 처음에는 건초 더미가 보이는 들판을 걷고 있었는데 어느새 두 발이 거리에 놓여 있었고 석용은 그것을 당연하게 여겼다. 길을 따라 줄지어 심긴 나무와 건물이 많은 거리였다. 건물이 많은데도 오고 가는 사람들은 보이지 않았다. 젖은 도로. 물냄새. 문을 잠그는 소리. 주유소. 정수기 물통들. 석용은 주위를 둘러보았다. "누가 오기로 한 것 같은 기분이 들어." 석용은 중얼거렸다. "그렇다면 꿈이겠지."

그때 끝이 둥글게 말린 이파리들이 갑자기 불어온 바람을 맞아 한쪽으로 기울었다. 석용은 복숭아뼈가 묘하게 차가워지는 느낌이 들어 아래를 내려다보았다. 자신도 모르는 사이에, 검은 물이 고여 있는 그늘진 곳에 발을 담그고 있었다. "발이 빠질 뻔했어…… 아니 이미 빠졌나?" 석용은 아래를 들여다보다가 양 손바닥을 바지에 문질렀다. "무섭잖아."

석용은 횡단보도에 다다라서 걸음을 멈추었다. 주황색 불빛이 깜빡거리는 차도의 신호가 보였다. 그 아래에 차도를 가로지르는 유림이 있었다. 얼굴이 잘 보이지 않는데도 석용은 유림을 단번에 알아보았다. 유림은 한쪽 다리에 깁

스를 하고 좁은 보폭으로 걸었다. 전등에 목을 매달기 전의 모습으로 목덜미가 희고 깨끗했다. 차도 위를 지나가는 차가 없었기에 유림은 차에 치이지 않고 오랫동안 차도를 돌아다녔다. "뭘 그렇게 열심히 걸어." 석용이 물었다.

"어차피 죽을 거면서."

유림은 석용의 말을 듣지 못한 듯 아무 대답이 없었다.

유림이 점점 멀어졌다. 석용은 유림을 따라가지 않고 멀어지도록 두었다. "나는 꿈에서도 쉽게 안 죽어." 석용은 언젠가 유림이 했던 말을 떠올렸다. 만약 가능하다면, 유림이 죽은 뒤에 자신이 무엇을 생각했고 무엇을 보았고 어떤 소리들을 들었는지, 우리가 무엇을 먹었고 얼마나 걸었고 어떤 말을 하고 싶은지에 대해 말하고 싶다고 석용은 생각했다.

"그런데 기억이 안 나."

석용은 별다른 과정 없이 잠에서 깼다.

"여기는 136번지가 아니고 135-2번지인데."

"네, 여기예요. 세워주세요."

택시가 멈추었다. 세 사람은 돈을 지불하고 택시에서 내렸다.

아주 멀리 온 것은 아니었기에 눈에 보이는 풍경이 바

로 전 보았던 풍경과 크게 다르지 않았다. 그러나 처음 와
본 곳이었다. 임대 표시가 있는 커다란 건물 지하에 식자
재 마트가 있다는 것을 알게 된 세 사람은 시원한 곳에 들
어가고 싶어져 폭이 좁은 에스컬레이터를 타고 아래로 내
려갔다. 양배추와 토마토, 오이, 버찌, 사이렌이 울리는 장
난감을 질서 있게 쌓아둔 자리 옆에서 유니폼을 입은 직원
들이 노랗게 색이 변한 식물들을 종이로 감싸 끈으로 묶고
있었다.

"이거 잘 안 죽는다고 했는데."

직원이 말했다.

"네가 어떻게 알아."

직원이 물었다.

발주 넣을 때 내가 전화해서 여러 번 물어봤어. 그래서
알아. 그게 뭐? 네가 속은 거지. 내가 속았다고? 그래. 죽었
잖아. 절대 그런 일은 없어. 나는 안 속아. 애초에 병든 걸
준 거다, 그 개새끼들이…… 어, 야. 거기에 던지지 마. 먼
지가 나잖아…… 성아는 직원들이 나누는 말소리를 들으
며 죽은 식물을 빤히 보았다. 물기 없이 말라 죽은 잎이 꼭
옥수수 껍질 같다고 성아는 생각했다. 몸에 상처라고는 없
이 곧고 깨끗하다.

"보기에 좋아. 그렇지 않냐."

"뭐가?"

동우와 석용은 같은 자리에서 원을 그리며 걷는 토끼를 구경하고 있었다.

성아는 입을 다물었다. 그러고는 조금 있다가, 자신이 아까와 같은 말을 다시 한번 하게 될 거라는 생각을 했다. 두 번이 아니고 다시 한번. 보기에 좋아. 그렇지 않냐.

"잠깐만 지나갈게요."

빈 화분을 든 직원이 말했다.

성아가 한쪽으로 물러나 길을 비켜주었다.

"감사합니다."

직원이 지나갔다.

토끼를 구경하던 석용과 동우가 성아를 돌아보았다. "와서 토끼 봐." 성아는 석용과 동우가 있는 자리까지 걸었다. "토끼 많아?" 성아가 물었다. "한 마리 있는데 이제 잔다." 석용이 대답했다. 석용의 말처럼 토끼는 플라스틱 도막 뒤에 얼굴을 묻고 잠들어 있었다. "코가 움직여."

그사이 동우는 고개를 돌려 마트 벽면에 진열된 양동이와 전선 다발을 보았다. 눈을 둘 곳이 마땅하지 않아서였기 때문에 동우는 얼마의 시간이 지나고 나서야 그것들이 눈앞에 있다는 것을 깨달았다. 동우는 전선 다발을 한 손으로 잡고 전선의 개수를 세었다. 하나 둘 여덟 셋 다섯 일

곱 아홉 둘 하나.

"그거 좋은 거야?"

석용이 물었다.

"모르겠어."

동우가 대답했다.

"고무 피복으로 감싼 게 좋은 건데." 석용이 동우의 손에
있던 전선 다발을 가져와 툭툭 소리가 나도록 진열대를 가
볍게 내리쳤다. "그게 감전도 안 되고 쓰기에도 편해. 내가
전에 나사 고장 난 걸 이걸로 묶어서 돌리려다가 사장님한
테 혼났거든. 감전된다고. 근데 고무 피복으로 된 거여서
전혀 감전이 안 됐다. 나 그때 아무것도 몰라서……" 석용
이 혼자서 말을 이었다. 대강 정비소에서 하는 일이 즐겁
고 직업 교육을 잘 받아 무사히 돈벌이를 하고 있다는 내
용이었다. 동우는 석용의 말을 전부 믿는 것은 아니었지만
석용이 하는 말을 잠자코 들으며 엉킨 전선을 풀어 원래
있던 자리에 다시 두었다.

"내 말 듣고 있어?"

석용이 물었다.

"어."

동우가 대답했다.

"집 얘기를 했나 봐요, 걔가. 지 기분이 나쁘다고."

통화를 하던 남자가 동우의 어깨를 밀치고 지나갔다.

동우는 가만히 있었다.

"사과를 안 하네."

석용이 말했다. "왜 사과를 안 하지?"

세 사람은 가만히 있었다. 아직 사용하지 않은 박스가 가득 쌓여 있고 바깥을 내다볼 창문도, 시계도 없는 장소에 머무는 일에 다시금 싫증이 났다. 들어야 할 나쁜 소식을 듣지 않으려고 열려 있는 문 앞을 서성이며 매일같이 그곳을 지키고 서 있는 기분이었다. 그것은 커다란 벽이 나타난 꿈속에서, 아무리 벽을 밀어도 소용이 없을 때의 기분과 비슷했는데 완전히 같지는 않았다. 그러다 언젠가 벽이 무너지면 미뤄두었던 모든 나쁜 소식을 한꺼번에 듣게 될지도 모를 일이었다. 겪어야 할 모든 불행을 한꺼번에 겪게 된다면 좋을 거야. 치료랄 것도 없이 단번에 죽게 될 거야.

세 사람은 마트 뒷문과 이어지는 계단을 올랐다.

돌로 된 계단을 오르기 시작하자 금세 바깥이었다. 마트 뒤편은 상가 건물에 가려져 대부분 그늘져 있었고 환풍구에 기대어 담배를 피우는 도매상들이 모여 있어 말린 잎을 태우는 냄새가 났다. 그들은 바람에 헝클어진 머리를 내버려두고 운구차와 가스통, 소매치기, 육교 그리고 소바 가게와 한밤에 깊은 잠을 자는 일에 대해 이야기했다. 세 아이의 아버지가 울고 있었다.

"지금부터 내가 수수께끼를 내볼게."
석용이 말했다.
마지막 계단을 반쯤 밟고 올라선 채였다.

들어봐. 늦은 밤 한 여자가 우산을 쓰고 혼자 공원에 서 있었어. 우명雨明이라는 여자였다. 비 오는 밤 달이 환하게 뜬 자리 아래에서 태어나 그런 이름을 갖게 되었다는데 그날 정말로 비가 내렸던 것인지, 달이 환하게 뜬 밤하늘을 정말로 태어나자마자 두 눈으로 볼 수 있었던 것인지는 죽은 어머니가 알려주지 않아 알 수 없었어. 아버지가 알려줄 수도 있었을 텐데 어째서인지 우명은 살아 있는 아버지에게 아무것도 묻고 싶지 않았지. 우명이 우산을 쓰고 혼자 공원에 서 있는 모습을 발견한 우산을 쓴 여자들이 우명에게 다가와 안녕 안녕, 그거 포장지가 빗물에 젖어서 못 먹고 있는 거야? 하고 말을 걸었어. 여자들은 모두 술에 취해 있었고 우명의 팔에 매달려 우리 여기서 달리기 한 번만 하자, 달리기 한 번만 하자, 하고 마치 으름장을 놓듯이 말했는데 정말로 달리기를 하지는 않았어. 우명은 한

번 두 번 가만히 듣고만 있다가 그것이 이상하다 생각되어 어째서 달리기를 하지 않느냐고 물었지. 달리기를 하자고 하고서, 저기까지 전력으로 달려가 저 불어난 깊은 강물에 금방이라도 몸을 빠뜨려 죽을 것처럼 굴면서 어째서 정말로 달리기를 하지는 않느냐고 말이야. 그러자 여자들이 크게 웃었어. 즐거워서가 아니라 즐거워야만 해서 그런 것 같았다. 여자들은 대답을 하지 않고 떠났어. 가로등 아래를 지날 때마다 여자들의 얼굴에는 생기가 돌았고 그 밝고 환한 가로등 불빛이 여자들을 아주 지쳐 있거나 어딘가 병든 사람들처럼 보이게 했어. 여자들이 떠난 뒤에도 우명은 우산을 쓰고 공원에 서 있었어. 계속해서 불어나는 강물이 있는 곳을 바라보면서 우명이 어떤 생각을 했다고 하는데 생각을 했다는 것만 알려졌을 뿐 그 생각이 무엇이었는지는 어디에도 적혀 있지 않고 구전으로도 내려오지 않아 알수가 없다고 해.

이제 여기서 수수께끼야.

여자들은 어째서 달리기를 하자고 말하고는 정말로 달리기를 하지는 않았을까?

비 소식이 있었는데도 여전히 비는 내리지 않았다. 전과 같이 날이 무더웠다. 지상으로 올라온 세 사람은 그늘을 벗어나자마자 피부에 닿는 열기에 곤죽이라도 된 듯 늘어져 울타리에 걸터앉았다. 풀벌레 우는 소리가 시끄러워 맥박 소리가 들리지 않았다. 몸을 단련하는 여자들이 땀을 흘리며 운동하는 모습이 보였다. 또 무엇이 보이나 무엇을 볼 수 있나 생각하면서 세 사람은 앉은 자리에서 일어나 안전장치가 세워진 산책로 너머로 보이는 한강을 보았고 그 옆에 대학병원과 아파트 단지가 있는 것을 보았다. 초인종 단추와 작업장 계단, 외래 진료소, 지붕 아래에 있는 반투명한 창문들, 유도 표지판, 시위대의 해산 소리. "같은 방식으로 만들어진 것이 아닌데 같은 방식으로 남아 있는 것들이라고 생각하게 돼." "뭐가?" 세 사람은 왜 그것들을 보고 있는지 잘 모르고 서서, 그것들을 언제 그만 보아야 하는지 모른 채로 그것들을 보고 있다가 피곤한 듯 고개를 떨구었다.

"너무 덥다."

석용이 말했다.

"저기 밑에 아파트 이름이 뭐야."

성아가 물었다.

"몰라. 안 보여."

동우가 대답했다.

자전거를 탄 학생들이 뜨겁고 습한 바람을 일으키며 방

현관은 수국 뒤에 있다

27

향을 비틀어 세 사람의 앞을 지나갔다.

"중국인들이 저기에 많이 살아." 석용이 말했다. "낮에 와서 주소지 적고 간 거 보면…… 걔네 차 좋은 거 많이 탄다." 석용은 정비소에 값비싼 차를 맡기고 수리 기간에 대해 따져 묻지 않는 중국인들을 '포치'라고 불렀고 그들을 좋아했다. 수리 기간을 길게 늘려 말하고, 늘려 말한 그 기간 동안 몰래 차를 운전할 수 있어서였다. "걔네는 돈 벌고 쓰는 일 말고는 하나도 몰라."

"웃기게 말하네. 그거 말고 다른 것도 알아야 되냐?"

성아가 물었다.

성아의 물음에 석용이 짧게 웃다가 말았다.

"알아야지."

석용이 대답했다. "그거 말고 다른 것도 당연히 알아야지, 좆같게 뭘 물어?"

"너네 싸울 거야?"

동우가 물었다.

"아니."

두 사람이 대답했다. "화해했어."

세 사람은 다시 걷기 시작했다. 세 사람은 자판기에서 탄산이 있는 음료수를 한 개 뽑아 나누어 마셨다. 세 사람은 약국에서 약봉지를 들고 나오는 노인들을 보았고 연달아 이어지는 알 수 없는 기계음을 들었고 빈 페트병을 번갈아 나누어 들고 걷다가 공을 주우러 가는 아이와 아이의 엄마에게서 나는 익숙한 세정제 냄새에 잠깐 동안 유림을 떠올리게 되어 뭐야 어디에 있는 거 아니야 주위를 둘러보다가 그런데 너는 새벽에 어디에 있었어, 하고 서로에게 묻지는 않았다.

세 사람은 서로에게 이런 것을 물었다.

"너무 덥지 않아?"

어쩌면 다른 것들을 물어볼 수도 있었다. 이를테면 어떻게 이런 상태를 계속 견딜 수 있는지. 한 번도 원해본 적 없는 시간이 뒤범벅된 얼굴로 온종일 난간에서 떨어지는 공상에 빠지면서도 어떻게 두 발을 움직여 아침부터 저녁까지 걸을 수 있는지. 오직 바다만을 생각하며 모래알 쌓인 해변을 걷다가 어떻게 곧바로 뒤돌아 집으로 돌아올 수 있는지. 웃고 졸고 인사하고 일하고 떠들고 시도하고 경고를 받고 잠들고 깨어나 거울에 비친 생김새를 확인하고 사람들이 나오는 영상 속 어떤 것은 쓰러지고 어떤 것은 만개하는 것에 대해, 그것들을 안정된 자세로 보기 위해 노력하여 자세를 고치고 무리를 짓고 다시 혼자가 되어 그럼에도 안정된 자세를 갖지 못해 어색하게 몸을 구부리고 서서, 발생을 알지 못하는 질병에 머릿속이 어떻게 온통 불구가 되었는지에 대해서 말이야 뭐가 잘못되었나?

그러나 세 사람은 묻지 않았다.

대답을 궁금해하기가 아무래도 어려웠다.

"야, 너무 덥지 않아?"

유림이 살던 단지에 도착한 세 사람은 먼저 자전거 대여소에 들러 자전거를 빌렸다. 세 사람은 돈을 지불하고 공공 자전거의 페달을 굴려 유림이 살던 동네를 말없이 돌아다녔다. 유림이 그동안 오고 가며 여러 번 보았을 풍경을 동시에 한꺼번에 보았다. 가끔 눈이 부셨다. 정면으로 불어오는 미지근한 바람이 열이 오른 세 사람의 이마를 서서히 식혀주었다. 나뭇가지를 꺾으며 놀고 있던 무리들이 차도를 사이에 두고 세 사람을 보았다. 전시회에 다녀온 관람객들이었다. 관람객들은 전시회에서 그림과 도형을 보았다.

"자전거를 잘 배웠다."

관람객들이 말했다.

성아는 자전거를 타고 있다는 이유로 유림의 남동생에게서 걸려 온 전화를 받지 않았다. 석용의 휴대폰은 울리지 않았고 동우는 자신에게 온 메시지를 확인하기 위해 자전거를 세우고 메시지를 확인했다. 유림의 남동생이 보낸 것이었다.「전화를 안 받아서요. 안치했어요. 언제 올 건지 알려줘요.」

언제? 동우는 잠깐 생각하다가 답장을 보냈다.

「집 정리 끝내고 갈게. 정리를 다 하면 가.」

동우는 휴대폰 화면을 끄지 않고 그대로 켜두었다. 성아와 석용이 뒤늦게 자전거를 세우고 동우를 돌아보았다. 동우가 멈춰 선 자리에서부터 이미 멀리 떨어져 있어 동우의 눈에 두 사람은 아주 작게만 보였다.「너무 늦으면 못 기다려요. 여기 절차대로 할 거라서요.」동우는 너무 늦는다는 게 어느 정도의 시간을 말하는 것인지 가늠해보았다.

「알겠어.」

동우는 답장을 보냈다.

동우는 성아와 석용이 있는 곳까지 자전거를 끌고 갔다. 두 사람은 폐기물 스티커가 붙은 2인용 소파에 몸을 기대고 앉아 있었다. 한쪽 팔걸이가 칼로 그어져 있어 그 안에 고무 밴드와 스프링이 엉겨 있는 것이 보였다. 성아가 등받이에 기대고 있던 등을 떼자 접착제로 맞붙인 것들이 떨어지는 소리가 났다. 동우는 두 사람이 자전거를 세워둔 자리 옆에 자신의 자전거를 세웠다. "너 내일 뭐 해?" 성아가 물었다. "내일 뭐? 일해야지." 동우가 대답했다.

"얘는 버스 타러 간대."

석용이 성아를 가리켰다. 성아는 어딘가로 이동하는 버스나 택시를 타면 잠을 잘 잤고 그것을 알게 된 이후로 주로 이동 구간이 긴 버스에 올라타 잠을 잘 잤다. 택시는 목적지를 말해야 했기 때문에 혼자서는 타지 않았다.

"너 이제 기사 아저씨가 얼굴 외운다. 자꾸 안 내려서. 알지. 다음부터 안 태우려고."

"누가 내 얼굴을 외워."

그때 멀지 않은 곳에서 누군가 배를 걷어차이는 소리가 들렸다. 물 먹은 솜이불을 막대로 털어 말리는 소리로 들을 수도 있었지만 세 사람은 그것이 누군가 배를 맞는 소리라는 것을 알았다. 거리가 비어 있어 소리가 더 크게 울렸다. 세 사람이 각자 있는 자리에서 고개를 돌리자 다섯 명의 남자가 보였다. 숨어 있지 않았기에 계속 보고 있어도 되었다.

"너는 타고났어. 뭐가 더 나은지 봐봐."

나이가 가장 어려 보이는 남자가 말했다. 체구가 큰 편은 아니었고 그을린 피부에 머리숱이 많았다. 뭐가 더 나은지 보라는 남자의 말에, 세 남자가 배를 맞은 남자를 내려다보았다. 동우와 석용과 성아도 뭐가 더 나은지에 대해 생각하며 남자를 내려다보았다.

"내가 말 안 했어. 나 아니야. 그 얘기를 모르는 사람도 있어? 나는 아니야." 남자가 말했다. "오해가 있어."

어려 보이는 남자는 땅에 쓰러진 남자의 앞에 쪼그려 앉았다. 그러고는 남자의 얼굴을 치료해주려는 듯 턱을 잡고 입에 작은 공을 물렸다. 석용이 한 발 앞으로 갔다. "너는 타고났어. 뭐가 더 나은지 봐봐." 남자는 그만 무릎을 펴고 일어나 땅에 쓰러진 남자의 얼굴을 걷어찼다.

네 사람의 남자가 조용한 얼굴로 세 사람을 보았다. 세 사람은 피가 울컥울컥 쏟아지는 남자의 입을 보고 있었다. 눈을 떼기가 어려웠다. "이럴 때는 비가 와야 하는데⋯⋯"

"뭐가 와? 이가 다 빠졌어."

성아가 말했다.

네 사람의 남자가 세 사람에게서 등을 돌려 반대편으로 걸어갔다. 나무줄기에 기대앉은 남자는 잠깐 쉬고 있는 것처럼 보이기도 했다. 남자는 자리에서 일어나 턱 아래로 떨어지는 피를 닦으며 그들을 뒤따라갔다. 성아와 석용과 동우는 아무렇게나 쏟아져 있는 피냄새를 잘 참아냈다.

세 사람은 지도 앱을 켜서 가까운 자전거 대여소를 찾았다. 자전거를 반납하고 왔던 길을 되돌아가기로 했다. 앞서 돈을 지불한 시간을 넘겨 초과 요금이 나왔다. 세 사람은 초과 요금을 지불하고 값을 암산했다. "5분을 더 탈 때마다 2백 원이라는 거야." 성아가 암산이 빨랐다. 세 사람은 대여소 근처의 은행을 지나가다가 문 앞에서 걸음을 멈추었다. 은행의 유리문이 열릴 때마다 에어컨 바람이 흘러나왔다. 발이 식었다. 세 사람은 유리문이 열렸다가 닫히는 모습을 보면서 동시에 열린 문 사이를 오고 가는 사람들을 보았고 담배를 피우지는 않았다. 얼굴 가까이에 불이 있는 것이 싫었다. "연습을 하면 돼. 연습을 하면 괜찮아. 연습을 많이 하면 뭐든 다 잘하게 되니까…… 한 명씩 찾아가서 죽여버리면 된다."

석용이 아까부터 같은 말을 중얼거렸다. 동우와 성아는 석용이 같은 말을 반복할 때마다 그것을 반복하여 들었다. 이따금 맞다고도 했다. "네 말이 맞아. 연습을 하면 뭐든 다 잘하게 돼."

세 사람은 다시 걸었다. 세 사람의 옆으로 네 사람의 여자와 두 사람의 남자 그리고 모자를 쓴 기계공이 지나갔다. 이대로 보행로의 중심에서 벗어나 조금 더 걸어가면 오래된 주택과 수영장이 나타날 것이었다. 수영장이 눈앞에 나타나면, 수영장의 높은 난간에 매달린 과거의 기억들을 새롭지 않게 떠올릴 수도 있을 것이었다. 웅어리져 있

는 작은 열기. 백열등. 발코니. 라디오 행진곡. 일요일. 점
호. 해열제. 포도당 알약들. 그러나 세 사람은 거기까지 걷
지 않았다.

세 사람은 걷다가 멈추어 섰다. 재개발로 새롭게 골조를
세워둔 건물 아래에 서자 세 사람의 얼굴에 여러 겹으로
그림자가 졌다. 하늘이 맑았다. 얼굴이 따가웠다. 반쯤 뜯
은 사탕 봉지를 주머니에 넣고 땀을 흘리던 노인이 세 사
람을 마주 보며 천천히 걸어왔다. 유림의 옆집에 사는 노
인이었다. 노인은 통화를 하고 있었다. 바람이 조금씩 불
어올 때마다 휴대폰을 쥐고 있지 않은 손을 아래로 뻗어
손바닥에 밴 땀을 말렸다. 노인이 말하기를, 새벽에 옆집
에서 무언가 떨어지는 소리가 났다고 했다. "아주 큰 소리
였어." 대체 뭐가 그렇게까지 무거운가 싶어 벽 너머로 귀
를 기울였는데 내내 조용하여 다시 잠들었다고 했다. 그리
고 좋은 꿈을 꾸었다고.

세 사람은 노인의 말을 들었다. 노인을 한번 보았다. 노
인은 세 사람과 잠깐 가까워졌다가 이내 엇갈려 멀어졌다.

"그래, 네 말이 맞아."

"연습을 하면 잘하게 돼."

그늘을 쫓아 돌아다니던 세 사람은 마치 그곳에 처음 방

문하는 사람들처럼 다시 단지 앞에 도착했다. 그 옆, 골목
과 골목이 만나는 장소에 웅크려 앉아 숙제를 불태우고 있
는 여자아이가 있었다. 아이가 지핀 불을 피해 돌아서 걷
다가 세 사람은 아이가 너무 덥겠다는 생각을 했다. 세 사
람은 일부러 기척을 냈다. 아이가 불을 앞에 두고 졸고 있
었다. "야, 너 일어나." 아이가 잠에서 깼다. 자신을 깨우는
사람이 있다는 게 이해가 안 된다는 표정이었다. 세 사람
은 아이가 잠에서 깨는 것을 확인하지 않고 아이를 지나쳤
다. 아이는 땀과 재로 번들거리는 얼굴을 들어 세 사람의
뒷모습을 지켜보았다. 조금도 닮지 않은 세 사람의 뒷모습
을 지켜보면서 아이는 작문 시간에 배운 시를 떠올렸다.
시인은 기억하지 못했고 제목을 기억했다. 아이는 수업 시
간 동안 억지로 암기했던 구절을 따라 혼자 중얼거렸다.
이곳에 액자가 있다는 것을 알고 있다 누군가 물려준 가벼
운 액자 개는 풍경 속에서 보호받고 있다 강가에 놓인 개
구리 한 마리 먹다 남은 케이크 셀룰로이드 창문들 멋지게
세운 집이에요 이곳은 안전해요 아이는 억지로 암기한 구
절을 틀리는 법이 없었고 스스로 그것이 나쁘지 않다고 여
겼다. 아이는 작아진 불씨를 발로 비벼 끄고 가방을 뒤집
어 뜯은 풀과 먼지를 털었다. 뒤에 이어지는 구절이 있었
는데. 아이는 생각했다. 암기하지 않은 구절이었다. 아이

는 뒤에 이어지는 구절을 소리 내어 읽고 암기하고 싶어졌
다. 그냥 뭔가 말을 하고 싶었다. 그러나 시를 외우는 것은
아이의 숙제 중 하나였기 때문에, 시가 적힌 종이는 이미
불에 타 사라진 뒤였다.

빛 가운데 걷기

한 노인이 감색 외투를 입고 토란을 파는 가게와 술집을 지나고 있었다. 거리에 쌓인 눈은 이미 다 녹았고, 걷기에도 산을 오르기에도 좋은 날이었다. 노인은 서북쪽에 있는 숲에 갈 예정이었다. 수목장을 할 수 있도록 조성된 숲이었으므로 수목장을 치른 나무가 많이 심긴 곳이었다. 희고 고운 가루를 목함에 담아 땅에 묻고 기도하는 사람들, 억양을 지운 말투, 구두약 냄새, 만가挽歌, 쿠르쿠마. 노인은 그것들을 잠시 떠올려보았다. 노인이 기억하기에 그것들 사이에서 자신이 함께 어울려 있던 적은 없었다. 노인은 자신의 딸을 위해 기도를 마친 사람들이 뒤돌아보지 않고 가버리는 동안 그냥 그 자리에 서 있던 사람이었다. 언제까지고 이렇지는 않을 거야. 당시에 노인은 생각했다.

내가 언제까지고 이렇지만은 않을 거야.

그해 여름에는 비가 많이 내렸고, 풀과 흙에서 어둡고 찬 냄새가 났다.

노인은 그와 같은 냄새를 겨울에도 종종 맡을 수 있었다. 오랫동안 사용해온 얇은 이불이나 새시 문에서, 필요한 모양대로 구부린 환전소 네온사인 간판에서 또는 어째서 몸을 저렇게 망가뜨렸는지 모를 옆집의 절름발이 남자에게서. 양지에서 햇빛을 받으면 몰라보게 건강해질 거라고 했었지, 그 사람. "양지에서 햇빛을 받으면 제가요, 몰라보게 건강해질 겁니다, 어르신. 그런 걸 상상하는 것은 어렵지 않아요."

그런 말을 했었지,

하고 노인은 고개를 끄덕였다.

숲에 가기 전에 노인에게는 몇 가지 해야 할 일이 있었다. 그것은 좀처럼 변형되거나 소멸되지 않는 평소의 약속들로 노인의 하루 일과이기도 했다. 평소의 모습. 특별한 일이 없는 보통 때의 모습. 노인은 그것을 중요하게 여겼고, 중요하게 여기는 만큼 지킬 수 있게 노력했다. 한밤에 잠들어 아침에 일어나기. 세수하기. 창문 열기. 약을 챙겨 먹고 물 한 컵만큼의 청력을 유지하기. 이제 남은 일과들 중 가장 먼저 해야 할 일은 정문 앞에 서서 하교하는 아이를 기다리기.

노인은 피아노 교습소를 마주 보고 있는 한 초등학교 정문 앞에서 걸음을 멈추었다. 노인보다 먼저 도착한 학부모들이 서로의 가정에서 일어난 크고 작은 심상한 이야기들을 나누는 동안 노인은 조용히 자기 발만 내려다보고 있었다. 누구도 그에게 인사하지 않았고, 그 또한 누구에게도 인사하지 않았다. 그러나 누구든 자신의 시야 안으로 들어온 그를 볼 수 있었고, 그 또한 자신의 시야에 들어온 것이라면 무엇이든 볼 수도, 가늠해볼 수도 있었지만 그러한 사실들을 서로 무시하여 결국엔 우습게 만들었다. 일종의 질서와 같은 것일지도 모르겠어. 노인은 생각했다. 질서는 삶을 혼란 없이 순조롭게 이루어지게 하는 순서나 차례이니 그러므로 삶에 해害가 되는 기억을 가진 사람을 가까이 하지 않기. 아니, 질서는 그런 것이 아닐지도 모르겠어.

곧이어 멀지 않은 곳에서 아이가 나타나 비탈진 길을 따라 걸어 내려왔다. 손잡이가 달린 종이봉투를 양손에 각각 들고 있어 무게중심을 잃을 때마다 넘어질 것도 같아 보였는데 정말로 넘어지지는 않았다. 아이는 잘 걸었다. 처음 걸음을 배울 때 익힌 모양새를 도로 생각해내려 하는 탓에 눈썹을 세우고 걷고 있었다. 아이에게 걷는 법을 알려준 사람은 아이의 어머니였고, 노인의 딸이기도 했다. 세 사람은 닮았다는 말을 들어본 적이 있었지만 그다지 닮아 있지는 않았다.

아이가 가까이 다가오고 나서야 노인은 아이가 들고 있는 것들이 무엇인지 알 수 있었다. 그동안 받아쓰기를 한 과제물과 씨앗 때부터 지켜보았던 토마토 화분 그리고 토마토 화분에 대한 관찰 일지였다. 봄방학이 시작되어 사물함을 마저 비운 것이었다. 노인은 채점 표기가 된 받아쓰기 과제물을 몇 장 꺼내 대강 훑어보았다. 장마다 날짜가 다른 시험지에는 전부는 아니어도 올바르게 받아 적은 몇 줄의 문장이 항상 적혀 있었다. 1) 팥소나 말린 과일을 넣어 2) 한 문제를 또 틀렸습니다. 5) 의자에 바르게 앉아 2) 잘 막아준 덕분에 8) 여름풀에 이름을 써서 10) 화가가 되는 것이 꿈입니다.

노인은 왜 이것들을 매번 사물함에 넣어두고 집에 가져오지 않았는지 궁금했지만 그러고 싶어서 그랬겠지 중요한 것은 아니었기에 묻지 않고 시험지를 다시 봉투에 넣었다. 양손에 봉투를 들고 내내 서 있던 아이가 토마토 화분과 관찰 일지가 든 봉투를 앞으로 내밀었다. "줄기가 곧잘 자랐네. 열매가 열리면 따서 한번 먹어보자." 노인이 말했다. 아이는 노인을 빤히 올려다보기만 했다. 하고 싶은 말은 별로 없어 보였다. "들어달라고?" 노인이 묻자 아이가 고개를 끄덕였다. "하나만 들어줄 수는 없어. 몸이 한쪽으로 기울어져 넘어지게 된다. 둘 다 이리 줘." 아이는 고개를 저었다. "그럼 두 개 다 네가 들고 가야 돼." 아이가 고개를 끄덕였다. "두 개 다 여기에 두고 가버려도 되고."

아이는 고개를 저었다. 아이가 그것을 선택했다.

두 사람은 정문을 벗어나 좁은 보행로를 따라 걸었다. 1년에 한두 번, 개학식을 제외하고 방학식이나 종업식을 마치고 집으로 돌아오는 길이면 노인과 아이는 핫도그 가게에 들러 핫도그를 사 먹었다. 딱딱한 나무 의자에 앉아 설탕을 뿌린 핫도그와 오렌지주스를 나누어 먹으며 눈에 보이는 풍경을 구경하고 앰프를 통과하여 나오는 가게의 음악 소리를 들었다. 오늘처럼 가게 직원의 깔깔대는 웃음소리만 들리는 날도 있었다. 그런 날은 직원에게 유독 슬픈 일이 있는 날이었다. 노인과 아이는 그때마다 말없이 가게에 좀더 머물렀다. 하지만 오늘은 핫도그가 나오기를 기다리는 동안 아이가 자꾸 졸아서, 실은 그렇게 졸았던 것도 아니지만 어쩐지 피로한 기색이어서 노인은 핫도그를 포장해 달라고 고쳐 주문한 뒤 포장된 핫도그를 들고 가게를 나왔다. 다시 걷기 시작하자 아이는 졸지 않고 또 잘 걸었다. 양손에는 여전히 종이봉투를 든 채였다.

노인은 집으로 돌아와 아이에게 핫도그를 주었다. 자신도 절반을 잘라 나누어 먹었다. 아이의 입가와 머리카락에 묻은 설탕 알갱이를 손등으로 털어 바닥에 떨어지게 했다. "발로 밟지는 말고." 아이는 그렇게 했다. 아이가 양치를 하고 몸을 씻는 동안 노인은 물걸레로 바닥을 닦고 아이가 욕실에서 나올 때까지 마치 시간을 세듯이 이미 오래전에 외워둔 주기율표를 암기했다. 별다른 이유는 없이 심심해서였다. 탄소, 질소, 산소, 플루오린, 네온, 나트륨, 마그네슘. 마그네슘은 원자번호 12번 원소. 플루오린은 그저 불소일 뿐인데 왜 어렵게 플루오린이라고 외워야 하느냐고 물어본 학생이 있었지. 뭘 물어, 20번까지만 외우면 되는 거였는데…… 걔가 그걸 다 외웠던가?

노인은 물에 불은 아이의 손톱을 깎아주고 낮잠을 재웠다. 그러고는 미처 확인하지 못한 자명종 알람이 있는지, 유선전화를 무음으로 설정해두었는지 확인하고 다시 집을 나섰다. 물론 잠에서 일찍 깨어나더라도 아이는 노인을 찾거나 제멋대로 거리로 나와 울며 돌아다니지는 않을 것이었다. 처음부터 그럴 수 있는 아이는 없겠지만, 언제부터인가 그렇게 지낼 수 있게 되는 아이는 있었다. 이곳 어디엔가 버스에서 잘못 내린 사람에 대해 이야기하는 사람들이 있는 것처럼. 도움을 줄 생각이 전혀 없는 사람들만을 만나게 되어 혼자 계속해서 걸어가야 하는 버스에서 잘못 내린 사람에 대해 이야기하는 사람들이 어딘가에는 분명 있는 것처럼 말이다. 그러나 도움을 줄 생각이 있는 사람만을 만나게 되었더라도 그는 도움을 받을 수 없었을 거야. 그가 도움받기를 원하지 않으니까. 누구도 그를 도울 수 없을 거야. 그가 도와달라고 말하지 않으니까. 나는 그 이야기가 마음에 든다. 누가 나를 도울 수 있어?

노인은 담장을 허물고 있는 주택단지 근처를 지나쳐 걸었다. 견디지 못할 정도는 아닌 소음이 이어져 기압이 높지 않음에도 귀가 먹먹했다. 자선 공연을 하는 남자의 곁을 지날 때쯤 노인은 작게 노래를 흥얼거렸다. 유쾌하고 즐거운 노래였는데 음조를 지키지 않고 불렀기에 만약 누군가 귀를 기울인다면 장난에 가까운 혼잣말처럼 들릴 것이었다. 노인은 자동차가 줄지어 세워져 있는 공용 주차장에 몸을 숨기고 포도 향이 나는 담배를 가볍게 깨물어 피웠다. 노인의 얼굴 위로 무언가 물러나듯 햇빛이 드리웠다. 기분이 좋았다. 몸이 비교적 따뜻했다. 이대로 햇볕에 반쯤 바랜 자신이 죽음을 몰아내지 못하고 기진맥진해서 주차장 바닥에 여러 차례 으깨져 누워 있는 모습을 상상했다. 그러자 온 사방이 순식간에 눈부시게 환해져, 그와 동시에 교각 아래 공원에서 달리기를 하며 바람을 가로지르는 모습을 또한 상상했다. 핫소스 병. 등대. 나무껍질. 상점들. 가지 요리. 사이다 자판기. 소리를 지를 수 있는 사람들. 자두를 증류해 만든 술. 부에노스아이레스에서 투이스 페데리코 를루아르의 강의를 듣기. 그곳에 두꺼운 이론서를 두고 뒤돌아 자리를 떠나기. 의자를 넘어뜨리면서 시끄럽게 문을 열기. 모든 것이 사실 같았다. 노인의 머리가 어지러워 계속 흔들거렸다.

"이런 곳에 오지 않아도 되었을 텐데."

"무슨 말을 그렇게 해? 나는 정말 운이 좋아."

갑자기 들려온 두 사람의 목소리에 꿈속에서 도로 끌려 나온 듯 고개를 돌려 그들을 보았을 때, 노인은 두 사람이 대화를 한 게 아니라는 것을 깨달았다. 두 사람은 잠시 겹쳐진 것처럼 가까워졌다가 이내 서로를 비껴갔다. 노인은 대화를 나누지 않은 두 사람 중 지금 자신이 있는 쪽으로 걸어오고 있는 작은 키에 주름진 저 남자가 누구인지 알게 되었다. 예전의 직장 동료를 마주친 것이었다. 노인은 동료의 어깨를 툭 치며 인사했다. 우연히 그를 만난 것이 재미있어 들떠 있었다.

"안 그래도 할 얘기가 있었는데. 잘됐다."

노인이 말했다.

"할 얘기라니. 뭔데?"

동료가 전화를 끊고서 의아한 표정으로 노인을 보았다.

"지난번에 하구에서 운 좋게 발견한 고무줄 말인데, 그게 아무래도 문제가 있는 것 같아. 그 생각밖에 안 나."

노인이 그 자리에서 할 말을 지어냈다.

"고무줄은 뭐고, 그게 무슨 문제가 있다는 거야?"

동료가 물었다.

"그 고무줄 생각밖에 안 나. 그게 문제고, 그게 다야."

노인이 대답했다.

동료는 고개를 갸웃거렸다. "아니, 이봐. 정확하게 말을 해야 내가 알아듣지……"

노인과 동료는 다시 인사를 하고 헤어졌다. 우연히 또 만나게 된다면 반갑겠지만 영영 또 만나게 되지 않더라도 괜찮았다. 노인은 동료와 함께 일했던 시간들 말고, 동료가 평소에 여러 번 말했던 용어들을 떠올려보았다. 나이가 들면 되돌아 헤아려볼 수 있는 단어가 느는 것 같은 착각이 든다고 노인은 생각했다.

두 사람은 작년에 퇴직 교사를 대상으로 한 구청의 기간제 교사 채용에 지원하여 같은 고등학교에서 일했다. 정부의 지원 사업 중 하나였고 계약 기간이 짧았으므로 1년도 채 안 되어 출근할 수 없게 되었지만 일하는 동안 노인은 6교시에 화학 과목을 가르쳤고, 동료는 방과 후 남은 학생들에게 지구과학 과목을 가르쳤다. 두 사람 다 학생들의 수업 평가가 좋지는 않았다. 노인은 동료가 날씨와 기온과 구름의 이동에 대해 이야기하는 것을 좋아할 거라고 짐작했는데 정작 동료는 전기보일러와 교반기, 그것 외에 증강 현실에 대한 이야기 말고는 관심이 없었다. "열과 기온의 원리를 알아내어 인간이 일정 온도를 넘어서는 공간에 놓이면 호흡이 가빠진다는 것을 밝혀내도 그게 무슨 소용이야, 정상적인 온도를 가진 공간에서도 매일 호흡이 가쁜 사람이 있어. 저기압의 영향으로 눈이 내려 날씨가 따뜻하다고 해도 내 몸이 추우면 추운 거고 그게 다 뭐겠어? 반면에 이것은 실제로 존재하는 사물이나 배경에 3차원 가상 물체를 겹쳐 보여주는 기술인데 가상현실과는 달라. 마치 실제로 존재하는 것처럼 온통 진짜인 것도 온통 가짜인 것도 아니고 반쯤만 가짜여서 더욱이 진짜인 것처럼 느껴지는 것인데 배우면 돈도 꽤 벌 거야, 되게 흥미로워." 군용 항공기와 관련된 잡지에서 우연히 읽게 되었다고 했다. 항공기 계기판의 전방 표시 장치로 가장 처음 증강 현실이 적용되었다고.

당시에 노인은 다른 것은 아무래도 모르겠고 자신의 아버지가 일장기를 매단 군용 항공기를 몰았던 적이 있었다는 사실은 지나가듯이 말하고 싶었다. 그러나 입 밖으로 그 말을 꺼내지는 않았다. 언젠가 아버지를 파일럿이라고 속여 자랑했다고 말했을 때 아버지의 표정이 어땠는지 기억하고 있기 때문이었다. 50년이 넘게 지난 일인데도 노인은 몇 마디의 말, 자신의 아버지가 어머니에게 내뱉은 몇 마디의 말과 목소리를 잊지 않고 기억하고 있었다. "나는 일부러 병가를 낸 적도 있어, 겁이 나서…… 내가 어떻게 했어야 해? 나는 일부러 병가를 낸 적도 있어. 사람을 죽이지 않으려고."

어째서인지 노인은 아버지의 그 말을 떠올릴 때마다 어떻게 했어야 했느냐니, 하고 속으로 반문한 뒤에 이어서 그다음 말을 생각하지는 못하게 되는 것이었다. 그의 어머니도 마찬가지여서, 아버지가 그런 말을 하고 난 뒤에는 더는 아무도 말을 이어가지 않았다. 이상하거나 슬픈 일은 아니었다. 일부러 버릇을 들인 것도 아니고 그냥 그렇게 되어버린 일이었다. 그런 일들은 여기저기에 목숨만큼 많았다. 아버지는 계기판에 겹겹이 뜨는 붉은 가상 불빛들을 현실과 겹쳐서 보았겠지. 좋았을까. 타오르는 불길 같았을까. 덜 무서웠을까. 더 무서웠을까. 과연 어떻게 보였을까. 노인은 자신의 눈에 보이는 풍경을 한 바퀴 둘러보며 자살한 딸의 눈에 이 모든 것이 어떻게 보였을지 다시금 생각해보려다가 관두었다. 노인은 양지를 걷고 있었고, 폐에 염증이 생기지도 않은 채로 잘 지냈고, 아직 할 일이 충분히 남아 있었다. 저녁에 읽다 만 책도 마저 읽어야 했고 면

도도 해야 돼. 내 눈에 보이는 것들과 아마 크게 다르지 않
게 보였을 것이다.

"그것이 내 잘못은 아니야."

노인은 중얼거렸다. "나는 그걸 알고 있어."

노인이 저녁에 읽다 만 책의 중간 대목에는 달걀말이를
좋아하는 당직관이 등장하는 짤막한 꿈 이야기가 씌어져
있었다. 지루하고 전혀 이야깃거리가 되지 않는 소재였는
데 일단 씌어져 있으니까 언제라도 읽을 수 있었다. 노인
은 아직 그 부분까지 읽지 않았지만 시간이 지나 그 부분
을 읽게 된다면 잠들기 전, 혹은 잠에서 막 깨어난 아이에
게 그 부분의 이야기를 들려주거나 직접 읽어보게 할지도
모를 일이었다. 주인공의 꿈속에서 사흘에 한 번 당직을
서야 하는 공무원의 이름은 제방이었다. 그는 도심에 살고
사흘 만에 또다시 당직을 서게 된다. 정해진 번차대로 하
는 것이기 때문에 특별히 불만이랄 것은 없고 다만 당직을
설 때 자동 응답기를 켜고 싶어 한다. 그러나 제도적으로
그러면 안 된다. 일을 할 수 있는 사람이 안에 있는데 자동
응답기를 켜는 것은 있을 수 없는 일이다. 제방은 있을 수
없는 일이란 없다고 생각하며 규칙을 어기고 몰래 자동 응
답기를 켠 채 즐겁게 당직을 선다. 당직을 계속 이어나갈
수 있게 된다. 밤새 그가 일하는 기관으로 전화를 건 사람

이 없었기에 자동 응답기가 돌아가고 있다는 사실을 그 말고는 누구도 알지 못한 채 아침이 온다. 그는 퇴근하고 집으로 돌아와 전날 만들어 냉장고에 넣어두었던 달걀말이를 꺼내 데워 먹은 뒤 얼음을 띄운 차가운 백차를 마신다. 누군가의 개인적인 분풀이로 건물 복도의 유리창이 깨져 있다거나 도난당한 서류 묶음이 있다거나 하는 연락은 오지 않는다. 그는 아무런 방해 없이 환한 낮에 잠들고, 아무것도 그리워하지 않는다. 그가 완전히 잠들면 꿈의 주인인 주인공이 깨어난다.

노인은 요즘 책을 오래 읽는 것이 버거워 하루에 두 장 정도밖에 읽지 못하므로 이 이야기를 나중에야 읽게 될 것이었다. 나중에 읽을 수 있다면 나중에 읽으면 되었다. 동료와 짧게 인사하고 헤어진 노인은 한동안 혼자 걷는 사람들 틈에 섞여 조금씩 변하는 햇빛의 방향을 지켜보며 서 있었다. 그러다가 카페에서 달려 나와 개미집에 우유를 붓는 아이들을 보았다. 더는 운전하기 싫다며 손님에게 내려달라고 말하는 살찐 운전수를 보았다. 손님은 오른쪽 차문을 열어두고 운전수의 목덜미를 잡았다. 얼마 지나지 않아 경찰이 왔다. 두 사람 다 택시 밖으로 끌려 나왔다. 이들의 머리 위로 햇빛이 비치어 이들을 더 잘 보이게 했다. 노인은 그러한 장면으로부터 몸을 돌려 집으로 돌아가는 길을 또다시 걸었다. 집으로 돌아가고 싶다는 마음은 들지 않았다. 하지만 그는 자신의 의지와는 관계없이 되돌아가고 있었다. 손가락과 소매에 밴 담배 냄새가 이제는 다 날아갔을 거였다. 얼마나 미운가. 노인은 생각했다. 어렵게 노력하여 죽은 그 애가 나는 얼마나 싫은가. 그런 것은 무료한 시간을 잘 보내다가 갑자기 두 발을 구를 때의 기분처럼 잘 알 수 없는 것이었다. 잘 알 수 없는 것이었기 때문에, 노인은 딸에 대한 생각을 조금씩 머릿속에 그려나갔다. 한겨울이 아닌데도 어느새 해가 금방 져버리는 것과 비슷하게, 전반적인 몸 상태가 나쁘지 않음에도 아주 나빠지고 있다고 느꼈다.

딸에 대해 생각해보자면 먼저 떠오르는 것은 공중전화 박스와 수화기, 전단지 글씨들. 업소 전단지에 적힌 번호로 전화를 걸어 누구게요, 하고 묻다가 욕을 듣고 돌아서서 무감한 얼굴로 매일 거리를 돌아다니던 교복을 입은 나이대의 모습. 결말을 연습하듯 자전거를 타고 골목을 돌아다니거나 넘어져 발을 질질 끌며 돌아오던 모습. 한번은 같은 곳에 계속 장난 전화를 걸다가 업소 주인에게 걸려 보복을 당할 뻔했다고 말한 적도 있었다. 위험하게 왜 그런 짓을 하느냐고 물었을 때 대답을 들어놨어야 했는데 아니야 들었는데 잊어버렸다. 대답을 들었는데 내가 그걸 가

녑게 잊어버렸어. 이렇게 될 줄 알 수밖에 없었지만 그야 잘은 몰랐으니까. 어느 날 결혼하여 같이 살고 싶은 남자가 생겼다고 했을 때도, 배 속에 그 남자의 아이는 아닌 아이가 생겼다고 했을 때도 나는 물어보았다. 그게 좋은지. 행복한지. 부지런히 정신병원을 전전하면서 복용량을 늘리고 이런 감정적인 일들을 만드는 것이 너에게 어떤 의미가 있는지. 너의 무엇을 내가 도울 수 있는지. "그런 게 아니야, 아빠. 그냥 내가 구걸을 하는 거지 나한테. 이건 어때, 이건 좀 괜찮아? 아니구나…… 그럼 이건 어때, 마음에 들어? 이러면 조금 더 살고 싶어?"

노인은 웃었다.

"그럼 지금은 어때. 네 마음에 들어?"

노인은 물었다. 대답을 듣고 싶은 것은 아니었다. 대답이 듣기에 좋을 것 같지 않았다.

"나는 마음에 안 들어."

노인은 생각하기를 멈추고 학술 사전에 적혀 있던 오래된 자료의 배열과 자신의 수업 노트를 아무렇게나 복기하고 되풀이하며 익숙한 길을 따라 계속 걷기만 할 뿐이었다.

파열강도는 재료가 파열되지 않고 압력을 견디는 힘의 크기를 의미한다. 이것은 주어진 두께의 용기를 파열하는 데 필요한 수압과 같다. 인장강도는 재료를 잡아당겨서 측

정할 수 있으며 시편이 파열되기까지 필요한 최대 응력을 말한다. 저항이란 전기가 흐르기 쉬운 전도성의 역수 개념으로 저항이 크면 부도체, 즉 절연체이다. 전기의 절연체는 유리, 에보나이트 따위이며 열의 절연체는 솜, 석면, 회灰 따위이다. 칼륨과 나트륨은 성질이 거의 같지만 그것은 완전히 같다는 것을 의미하지는 않는다. 벤젠에 칼륨이 닿으면 쉽게 불이 붙지만 나트륨이 닿으면 대체로 불이 붙지 않는 것처럼 말이다. 충돌, 통과, 증명, 반발, 평형 실험. 원자의 구조에서 질량수가 A보다 B가 더 크고 원자번호가 같으면 중성자 수 또한 A보다 B가 더 크다. 당연한 것인데 이것이 왜 당연하느냐 하면 그렇게 정의되어 있으니까. $6CO_2 + 6H_2O \rightarrow C_6H_{12}O_6 + 6O_2$와 같은 반응식을 보면 이것이 광합성에 대한 문제라는 것을 단번에 알 수 있는 것처럼 말이다. 어려우면 외우면 된다. 어렵지 않아. 화학은 결국 물질 실험이니 실험의 정확한 목적을 이해하고 있어야만 한다. 목적을 지우고 결과지만 보고하면 좋은 점수를 받을 수 없다. 나는 이것들을 다 배웠다. 배워서 알아, 알고 있어.

연립주택이 모여 있는 단지로 돌아와 현관 앞에 서 있는 여자를 발견하기 전까지도 노인은 이전에 암기한 용어들을 되풀이하여 떠올리고만 있었다.

"안녕하세요."

여자가 먼저 노인에게 인사했다. 노인의 집은 1층이어서 계단을 몇 칸 오르지 않고도 서로를 금방 알아볼 수 있었다. 현관문은 안전 고리가 걸린 채로 얼마쯤 열려 있었고, 여자는 안을 들여다보지 않으려는 듯 반대편을 보고 서 있었다. 노인은 여자에게 목례를 했다. 여자는 아이의 언어 치료를 담당하는 사람이었다. 교회를 통해 소개받았는데 노인도 아이도 더는 교회에 다니지 않았다. 무언가를 믿는 일에 별다른 소질이 없었다.

"문 열고 잠깐 인사는 했어요. 그런데 이 고리를 안 풀어 줘서요."

여자가 말했다.

노인은 손목에 찬 시계를 보며 시간을 확인했다. "조금 이르게 오셨네요. 아직 시간이 되지 않아서 그럴 거예요. 미안합니다." 여자는 평소보다 20분 정도 일찍 와 있었다.

"아이를 혼자 두고 밖에 다녀오실 때가 있나 봐요."

여자가 물었다.

"네. 잠깐이어서요, 선생님. 담배를 피워야 해서."

노인이 대답했다. 몸이 좀 피곤했다. 노인은 여자를 뒤로 물러나게 하고 초인종을 눌렀다. 아이에게 문을 마저 열어달라고 했다. 아이가 발판을 밟고 올라가 안전 고리를 풀어주었다. "일찍 깼어?" 안으로 들어서며 노인이 묻자 아이가 고개를 끄덕였다. "그래. 초인종 소리 때문에 일찍 깼겠다. 수업 끝나고 더 자자. 아니면 밤에 자기로 하고 이따가 간식을 먹든지." 아이가 고개를 돌려 아직 뜯지 않은 새 과자를 가리켰다. 열에 녹인 초콜릿을 카스텔라 위에 씌워 다시 굳힌 과자였다. "알겠어. 저거 먹어보자, 이따가." 아이는 과자 봉지에서 눈을 떼지 않고 조금 고민하는 듯했다.

"이따가."

노인이 짧게 웃고 다시 말했다.

아이는 여자와 함께 방으로 들어갔다. 노인은 주방에서 겨울 배를 먹기 편하게 잘라 물과 함께 여자에게 가져다주었다. "감사합니다. 잘 먹을게요." 여자가 가방에서 클리어 파일과 전자 기기를 꺼내며 쟁반을 밀어 옆으로 두었다. 아이가 노인을 보았다. 노인은 천천히 방문을 닫고 나왔다.

작은 방과 가까운 자리에 앉아 노인은 띄엄띄엄 들리는 아이의 목소리를 들었다. 노인은 방문을 빤히 쳐다보다가 아이가 연습하는 문장을 함께 따라 중얼거려보기도 했다. 아이는 발화 길이가 짧아 길고 복잡한 문장을 단번에 말하지 못했다. 그것이 아이의 문제이고, 날짜를 알 수 없는 질병이라고 했다. 목소리의 높낮이가 적절하지 않다. 읽기

쓰기 학습에 어려움이 있다. 이해 언어에 비해 산출 언어가 부족하다. 또래와의 상호작용이 어렵다. 그러므로 또래 아동이 치료 대상 아동의 언어 문제를 모방하지 않도록 담당 교사의 주의가 필요하다…… 그게 왜 질병이야, 왜 따돌려? 저 아이는 병자가 아니다, 생각하면서도 노인은 매달 시간과 비용을 들여 아이를 치료받게 했다. 아이도 성실히 치료를 받았다. 여자는 아이의 상태가 점점 나아지고 있다고 말해주었다. 선천적인 뇌 손상으로 발생한 문제가 아니니 이러한 상태가 영구적이지 않을 것이라고.

노인은 여자의 말을 듣고 나서 많은 사람이 길게 줄을 서 있는 장소에서 그들과 함께 줄을 선 아이의 모습을 이따금 떠올려보았다. 상상 속에서 아이는 몸집이 자라 있었고 그 옆에 노인은 없었다. 문이 열려 있는 건물 앞에서 줄이 줄어들기를 기다리고, 차례가 되면 응당 안으로 들어가는. 충분히 그럴 수 있을 것이라고 노인은 생각했다.

노인은 앉은 자리에서 잠시 졸았다. 노인이 졸고 있는 사이 아이의 수업이 끝났다. 방문이 열리는 소리에 노인은 눈을 떴다. 노인은 여자에게, 아이가 대부분의 활동을 잘 따라주었지만 이번에도 종종 제시된 단어를 반복하기만 하고 문장을 만들어내지는 못했다는 말을 들었다. 이미 몇 번 들었던 말이기에 노인은 그 말을 한 번 더 들었다. 제시

된 단어가 무엇이었느냐고 노인이 묻자 여자가 대답했다.

"모자였어요."

"모자로 무슨 문장을 많이 만들 수 있나요?"

두 사람이 연달아 모자라는 단어를 말하자 아이도 뒤따라 그 단어를 입 모양으로만 중얼거렸다. 노인은 그것을 보았고 여자는 아이를 등지고 있어 보지 못했다.

"모자로 만들 수 있는 문장은 생각보다 많이 있어요."

여자의 가방에는 모자와 관련하여 예시로 만들어둔 문장 카드들이 가득 들어 있었다.

노인은 아이와 함께 여자를 배웅하고 여자의 뒷모습을 보았다. 여자의 뒷모습이 더는 보이지 않게 되었을 때 노인은 현관문을 닫았다. "모자라는 단어가 어떻다고 생각해?" 노인이 물었다. 아이는 대답하지 않았다. "나는 왠지 좋지 않다고 생각해. 잘했어. 모자라는 단어보다는 물이나 눈이라는 단어가 좋았을지도 모르겠어. 그랬다면 많은 문장을 만들어낼 수도 있었을 거야."

노인은 아이의 편을 들어주려고 생각이 나는 대로 말을 하다가, 자신이 서북쪽에 있는 숲에 갈 예정이었다는 것 또한 생각이 났다. 무릎에서 계속 신경 쓰이는 소리가 나는 것과 병원에 가서 안저검사를 받기로 했던 것과 같이 점멸하듯 기억이 났다. 조금 전까지 그는 그것을 까맣게 잊고 있었다. 그는 자신이 그렇게 되기를 바라고 있었는데 정말로 그렇게 되어 조금 놀랐다. 정말로 그렇게 되어서가 아니라, 정말로 그렇게 될 수도 있다는 것을 알게 되어서 였다.

노인은 환기를 위해 베란다 창을 열었다. 어느새 구름이 끼어 날이 이전처럼 밝지 않았다. 우산을 들고 개를 산책시키며 자신도 산책하는 여자가 보였다. 개는 왼쪽을 걸었고 여자는 오른쪽을 걸었다. 비 소식이 있었던가. 일기예보에 비 소식은 없었다. 노인은 얼마간 창밖을 지켜보았다. 베란다 배관 통로로 물 흐르는 소리가 들렸다. 천장을 보았다. 윗집에서 베란다 청소를 하고 있었다. 빗자루로 물을 쓸어내 하수구로 내려보내는 중이었다. 노인은 물소리를 들으며 잠시 서 있다가 거실로 들어왔다. 정오가 한참 지나 오후가 되어 있었다. 아이에게 약속한 간식을 주어야 했다. 약속은 잘못 알아듣거나 잘못 기억하기 쉬운 것이었으므로 노인은 서둘러 아이에게 줄 간식을 챙겼다. 빵에 가까운 새 과자와 우유, 속껍질을 벗긴 귤과 생살구 두 알을 접시에 담아 아이 앞에 가져갔다. 아이는 과자를 먹었고 노인은 살구를 먹었다. 집 안이 고요했다. 두 사람다 씹는 소리가 크지 않았다. "다 먹고 복습을 하자." 노인이 말했다. 아이는 노인의 말을 못 들은 척했다. 노인은 기다리기로 했다. 서두를 필요가 없는 일들만이 남아 있었다.

노인은 벗어두었던 외투를 앉아서 다시 입으려다 말고 일어서서 다시 입었다. 아이가 과자를 한입에 욱여넣고 노인을 올려다보았다.

"아니야. 그냥 입었어. 안 나가, 나는."

노인이 말했다.

노인은 어쩐지 지칠 대로 지쳐 무언가를 털어놓고 싶었는데 막상 털어놓을 것은 아무것도 없고 남아 있는 기분 같은 것만 모래알처럼 쌓여 있다는 것을 알았다. 신발도 우산도 세탁물도 화분도 모두 그대로 내버려두고 침대에 금방 쓰러져 잠들고 싶었다. 그것이 아니라면 정반대의 방식으로 여러 대의 TV를 켜두고 볼륨을 최대치로 키운 뒤에 그 가운데 한순간의 잠도 없이 혼자 앉아 있고만 싶었다. 모든 소리를 한꺼번에 듣게 되어 귀를 얻어맞은 듯이 어떤 사람들은 내 머리가 좀 이상해졌다고 할 거야 숨 쉬는 것보다도 앞서 내부의 소리를 덮어버리고 외부의 소리만을 듣게 되는 것이다.

커튼, 달력, 청구서, 식탁, 전등, 크레용, 해열제, 관엽식물, 두 도막의 양초, 작은 점토 파이프와 같은 여러 사물이 그의 주변에 있었다. 그는 수선이 필요한 것들은 수선하고 바꿔야 할 것들은 바꾸었다. 한 달 후, 4월 벚꽃이 만

발하는 계절에, 노인은 내부의 소리에 대해 다시금 생각하게 되는 일을 만들지 않았다. 그것은 생활과 아무 관련이 없었다. 아이는 작아진 불씨를 구경하거나 세면대에 물을 받아 얼굴을 담그고 있는 시간이 길어져 노인에게 자주 주의를 받았고 등교하지 않으려는 날이 늘었다. 자전거를 타고 달리는 사람을 보게 되면 거의 울 지경이 되어 귀를 막고 같은 자리를 맴돌았다. 귀를 막는 것을 방해하려는 같은 반 아이를 패버리기도 했다. 아이의 새로운 담임교사는 상담 중 그것이 작은 문제가 아니라고 했지만 노인은 작은 문제라고 생각했다. 노인이 생각하기에 발생해야 하는 일은 발생해야 하는 것이 맞았다. 그렇다면 그것은 감추지 않았으므로 큰 문제가 되지 않을 것이었다. 노인은 아이가 학교에 가 있는 동안 주로 창밖을 보고 있거나 바깥에 나와 공원 한편에 외따로 앉아 있었는데 하루는 날이 좋다고 생각되어 한참을 걸었다. 관공서에 들러 실업 급여를 신청하고 수급 기간 동안 생활비를 어떻게 써야 할지 미래 계획을 세웠다. 가판대에서 구입한 신문의 노인 아르바이트 공고와 광고를 순서대로 읽고 졸다가 깨어나 광장을 지날 때 들리는 수많은 구호 소리를 들었다. 수신인이 잘못되어 알지도 못하는 사람의 소식을 엽서로 받아 다 읽고 나서야 반송했다. '반송 불요'가 찍혀 있는 엽서였기에 엽서는 발신인에게 되돌아가지 못하고 우체국에서 폐기 처분되었다. 정비공 시험에 마침내 합격했고, 10년 전 맥도날드에서 같이 햄버거를 먹어주어서 고맙다는 내용의 편지였다. 노인은 엽서의 내용을 기억해두었다가 햄버거의 맛이 궁금해져 어느 날 맥도날드에 갔다. 무인 계산대로 햄버거를 주문하려다 실패하고 직원을 찾아 주문하여 먹어보았다. 1인분의 식사였다. 다진 고기와 치즈, 양파가 들어 있는 햄버거는 맛이 좋았다. 탄산이 든 음료는 이가 시려 마시지 못하고 입술만 대보았다. 노인은 햄버거를 반쯤 남기고 정전이 잦은 욕실 전구를 갈아 끼우기 위해 근처 전파상에 들렀다. 전파상에서 시간을 때우고 있던 다른 노인들이 알은체하며 노인에게 말을 걸었다. 처음 보는 사이였다. 다 같이 인사를 했다. 그들은 노인의 운세를 봐주겠다고 했다. "운세가 좋으면 덤으로 건전지를 한 팩 줄게. 운세가 나쁘면 이걸 가져가. 우리한테는 필요 없으니까, 대신 버리든지 해줘. 여기서 쓰레기장이 꽤 멀어." 그것은 카세트덱이었다. 보기에 모양도 좋지 않고 값어치도 나가지 않는 물건이었다. 노인은 카세트덱이 무엇인지 몰라 잠자코 있다가 알겠다며 운세를 봐달라고 했다. 점괘를 뽑았다. "안 되겠네." 일진이 사납고 운이 나쁜 날이라고 했다. "하지만 분실물은 가까운 장소에 있다고 하니 뭔진 몰라도 곧 찾겠어." 잘못을 저지르거나 죄를 지으면 그 벌을 피하지 못하고 다 받게 될 것이라고 했다. 노인은 카세트덱을 가방에 넣고 조용히 전파상을 빠져나왔다. 필요한 전구를 사지 않았다는 것을 나중에야 알게 되었지만 금방은 아니었다. 나쁜 운세를 가진 노인은 아치형 지붕을 얹은 상가 통로를 통과하여 높고 맑은 하늘을 올려다보았다. 하늘을 가리고 있던 반투명한 지붕이 시야에서 사라지자 얼굴 위로 금세 햇빛이 쏟아졌다. 바람이 불 때마다 흰 벚꽃 잎이 흩날렸다. 공원으로 이어지는 육교의 방향을 따라 심긴 벚나무가 많았다. 꽃 피는 나무 아래 가득 떨어져 모인 꽃잎들이 햇빛을 반사하여 노인을 눈부시게 했다. 버스에서 사람들이 줄지어 내렸다. 노인은 버스에서 내린 사람이 아니었기에 대열에 끼지 않고 떨어져 걸었다. 자신이 나쁜 운세를 가졌다는 걸 모두가 알게 하려면 모두가 자신을 볼 수 있는 장소에서 계속 돌아다니면 되었다. 언제고 나쁜 일이 일어나게 된다면 자신의 운세 때문이라는 걸 모두가 알게 될 것이라고 노인은 생각했다. 그런 생각을 하면 어째서인지 마음이 놓였다. 노인은 교차로에서 보행 신호를 지켜 횡단보도를 건넜다. "잠깐만, 잠깐만." 누군가 걷고 있는 노인을 붙잡았다. 노인은 횡단보도를 마저 건넌 뒤에 멈춰 서서 뒤를 돌아보았다. 직접 운세를 봐주었던 푸른 작업복을 입은 노인이었다. 그가 가까이 다가오자 맵고 더운 향신료 냄새가 났다. "내가 거짓말을 했어. 오늘 그쪽 운세가 아주 좋아. 샘이 나서 그랬어. 카세트덱은 돌려주고 자, 여기 건전지를 가져가." 그러나 노인은 카세트덱을 돌려줄 생각이 없었다. 카세트덱을 가지고 있는 것이 익숙하고 편했다. "나는 이게 좋은데." 노인이 말했다. 작업복을 입은 노인은 그래? 하고 서 있다가 그래 그럼, 하고 다시 상가로 되돌아갔다. "기다리던 소식이 있을 거야. 오늘이 아니더라도 동쪽이나 서쪽에 머무르는 것이 좋겠어. 기유년에 태어난 양자리는 피해." 노인은 가방을 고쳐 메고 다시 걸었다. 길에서 녹색 운동복을 보았다. 공장가의 인쇄업자를 보았다. 야채를 파는 여자의 손가락을 보았다. 다른 사람들의 이름이 불리는 소리를 들었다. 이름을 불린 사람들과 마주쳤다. 공원의 안내문을 읽었다. 날이 아직은 쌀쌀했다. 하지만 볕이 따뜻해 오래 걸을 수 있었다. 가볍게 뛰어보기도 하던 노인의 몸이 점점 한쪽으로 기울었다. 놀랄 일은 아니었다. 노인은 옥외로 나 있는 계단에 앉아 잠시 쉬었다. 건너편에 지어진 개인 병원이 보였다. 그 옆에는 약국이 있었고 문가에 골판지 상자가 쌓여 있었다. 달리 할 일도 없이 노인은 그것들을 보았다. 구급차가 오가는 병원이 아니었기에 주변이 깨끗하고 조용했다. 진찰을 받고 나오는 환자들의 손에서 박하 향이 났다. 다른 조건에서 살고, 다른 소리를 듣고 다른 걸음걸이를 배운 사람들이 동시에 입을 다물거나 따로 말하며 걸었다. 노인은 차도를 사이에 두고 그들을 보고 있어 박하 향을 맡지는 못했다. 가까이 갈 수 없으면서도 그들이 나누는 말소리를 들으려고 했다. 의사가 평소에 하던 운동이 있으면 이제 해도 좋다고 했어요. 물어보니까 생각은 나는데, 어떻게 생겼는지는 모르겠는 거예요. 어째서 오지 않았을까요? 아마 밤눈이 어두워서 그랬던 것 같아요. 그걸 다들 몰랐을까요? 주세요, 이제 가볼게요. 그들이 길의 끄트머리에서 모퉁이를 돌아 더는 보이지 않게 될 때까지 아무 일도 일어나지 않았다. 좋은 일도 나쁜 일도 없었다. 노인을 죽일 사람도, 살릴 사람도 오지 않았다. 노인은 양 무릎을 펴고 그만 일어나 문이 열려 있는 건물을 찾아 돌아다녔다. 한낮이었으니 찾을 수고도 없이 많은 건물의 문이 열려 있었지만 노인은 밀거나 당길 필요 없이 이미 완전하게 열어둔 문을 찾고 싶었다. 노인은 완전하게 문이 열려 있고, 많은 사람이 쉽게 오고 가는 것으로 보이는 한 건물을 발견했다. 사람들 틈에 섞여 건물 안으로 들어갔다. 천장이 높은 로비가 나타났다. 층마다 다른 회사가 입주해 있어 노인이 느끼기에 무얼 하는 곳인지 알 수 없었다. 경비원이 다가와 방문 사유를 물었다. 그는 노인에게 대답을 채근하지 않고 기다려주었다.

"왜 왔냐고?"

노인은 한 방향으로 시선을 돌려 허공을 응시했다. 그러고는 문을 닫고 나갔다.

서 울   오 아 시 스

*

어떤 사람은 건강하지 않아도 오래 살 수 있다.

나는 이 말을 외삼촌에게 듣고 배우며 자랐다.

외삼촌의 이름은 성을 포함하지 않는다면 단 한 글자, 그러니까 외자였는데, 그것은 그가 자신을 이루고 있는 크고 작은 요소들 중에서 유일하게 마음에 들어 하는 것이었다. 이름이 외자면 평소에 사람들이 자신을 부를 때 왠지 별명으로 부르는 것만 같고, 이름이 아닌 별명이라면 언제라도 바뀌거나 바꿀 수 있으며 또 어느 때고 쉽게 잊어버릴 수 있으니까, 나는 그게 좋다. 외삼촌은 말했다.

외삼촌은 정말 그게 좋았나, 생각해보면 잘 모르겠다. 내가 생각하기에 외삼촌은 좋아하는 것이 하나라도 있는 사람인 것 치고는 사는 동안 번번이 불행했다.

"불행이라니."

내가 외삼촌 앞에서 외삼촌의 불행에 대해 아는 척 이야기하려고 하면 외삼촌은 항상 모른 척 다시 되묻곤 했었다. "야, 불행이라니. 너도 내가 불행하다고 생각하니."

그야 물론이었다. 외삼촌을 처음 보았을 때부터 나는 그가 불행한 사람이라는 것을 단번에 알 수 있었다. 엄마의 옆에 있었으니까. 엄마의 옆에서 저렇게 무언가를 견디듯 얌전히 서 있을 수 있는 사람은 불행하지 않을 별다른 도리랄 게 없을 테니까.

하지만 나는 외삼촌의 질문에 그야 물론이지, 하고 소리 내어 대답해본 적은 없었다. 그런 건 아무래도 머릿속에서나 여러 번 할 수 있을 법한 대답이었다. 너도 내가 불행하다고 생각하니. 그야 물론이지.

외삼촌과 나는 금방 다른 것들에 대해 이야기했다. 금방 그럴 수가 있었기에 그렇게 했다. 모든 음식에서 이상하게 쓴맛이 난다는 이야기. 이가 아프지 않은데도 치과에 다녀왔다는 이야기. 옆집에서 찹쌀과 수수를 플라스틱 용기에 소분하여 가득 담아 주었다는 이야기. 비 오는 날 백지같이 환한 꿈을 꾸고 나면 꼭 흰 양말을 잃어버리게 된다는 이야기.

주로 내가 말을 했고 외삼촌은 듣기만 했다. 자신이 말하는 것보다 내가 말하는 것이 듣기에 더 좋다고 해서였다. 나는 그 말이 별로 믿어지지는 않았다. 그래도 듣기에 좋다고 하니까 말을 많이 했다. 앞서 했던 말을 되풀이하거나 내 잘못을 다른 사람에게 뒤집어씌워 마치 내가 당한 것처럼 굴었던 적도 있었다. 외삼촌은 그것들을 의심하거나 바로잡지 않고 잠자코 들어주었다.

"그랬구나. 속상했겠다. 죽여버리고 와."

외삼촌은 말했다.

외삼촌이 가장 듣기 좋아했던 이야기는 얼굴에 화상 자국이 있는 여자의 이야기였다. 얼굴에 화상 자국이 있는 여자가 길 가장자리에 혼자 앉아 있는 나를 어째서인지 걱정해주었다는, 그다지 길지도 않고 아무것도 아닌 이야기였다. 그 이야기를 들을 때마다 외삼촌은 바퀴가 달린 의자에 기대앉은 몸을 뒤로 빼며 무릎 언저리를 둥글게 매만졌다. "괜찮아?" 여자가 묻는다. "뭐가요? 나는 괜찮아요." 내가 대답한다. "너는 나랑 좀 닮았다. 이것 봐봐." 여자가 옷 주머니에서 약용 캔디를 한 움큼 꺼내 보여준다. 나는 갑자기 화가 나서, 여자의 얼굴에 있는 화상 자국을 집요하게 노려보며 대꾸한다. "내가 뭘 봐야 해요? 아니에요. 안 닮았어요. 나는 불에 덴 자국도 없는데요. 알지도 못하면서. 그거 주지 마세요. 나는 이제 가야 돼요."

그 이야기가 진짜인지 아닌지에 대해 외삼촌은 크게 관심이 없었다. 진짜인지 가짜인지, 중요한 건 그런 것이 아니라고 했다. 외삼촌의 말이 맞았다. 중요한 건 그런 것이 아니었다.

그렇다면 외삼촌과 나에게 중요했던 것은 무엇이었나, 생각해보면 잘 모르겠다. 나는 그냥 좀 듣고 싶었다. 외삼촌이 나에게 말해주지 않을 이야기 같은 것들을. 될 수 있는 한 많이.

외삼촌이 강가에서 실종되던 날, 아치형 다리 여섯 개가 연속으로 이어진 하구 근처에서 마지막으로 외삼촌의 휴대폰 신호가 잡혔다고 들었다. 누군가에게 전화를 걸었다고 했다. 외삼촌의 여자친구가 말해주었다. 지역 번호가 대전이었고 병원 번호였다고 했으니까, 엄마에게 전화를 걸었던 게 틀림없었다. 자살인가, 아닌가. "그게 아니고. 저집이 워낙에 재수 없어 보였잖아요. 못 견디고 도망간 거지. 곱상하게 생긴 게 영악해서 여간해서는 안 죽었을걸. 사람이 어디 쉽게 죽나." 그날 나는 비탈진 길을 혼자 걸어내려가면서 이웃 사람들의 말소리를 들었다. 죽었나, 아닌가. 정말 아닌가. 곱상하게 생겼었나. 만약 외삼촌이 정말로 이 집이라는 것을 견디지 못하고 도망간 거라면 내가 모르는 어딘가에서 아주 오래 살게 되기를 바라기도 했다. 좋은 마음은 아니었다. 어떤 사람은 건강하지 않아도 오래 살 수 있으니까, 죽지 말고 오래오래 살아.

나는 시장 상인들이 딸기와 양파를 파는 목소리도 들었고, 무언가를 졸이고 있는 듯한 달큰한 한약 냄새도 맡았다. 안개도 먼지도 없이, 날씨가 쨍하게 차갑고 화창했다.

외삼촌은 다시 나타나지 않았다. 시체로 발견된 것도 아니었다. 이제 더는 찾는 사람도 없어 앞으로도 발견되기는 어려울 것이었다. 죽은 건지 아닌지 알 방법이 없었다. 그가 원했던 행복이 이런 거였다면 나는 그가 원했던 행복을 살아서 내내 지켜보고 있는 셈이었다. 행복이라는 게, 보기에 그다지 좋지가 않았다. 아마도 그랬다. 가끔은 외삼촌이 실종된 지 얼마 되지 않은 것도 같았다. 사흘에서 나흘, 어쩌면 일주일 아니면 아주 오래전. 이런 식으로 억지를 부리는 생각은 나를 헷갈리게만 하고 전혀 도움이 되지 않는다는 것을 나는 잘 알았다.

나는 외삼촌이 사라지고 없는 시간을 따로 헤아려보지 않았다. 한 해가 저물고 체온이 느껴지지 않을 만큼 추운 겨울이 지나면 이따금 외삼촌 생각이 났다. 외삼촌이 사라진 게 그때쯤인 것 같았다. 외삼촌이 실종된 장소 근처에 어쩌면 가지 않을 수도 있었겠지만 나는 잘 갔다. 집에서 가까웠고 무엇보다 물가여서 걷기에 좋았다. 한번 물을 먹은 물건은 아무리 말려도 결국엔 못 쓰게 되는 것처럼, 언제라도 내가 물에 빠져 아무리 말려도 결국엔 못 쓰게 될 수도 있다는 사실이 나를 들뜨게 했다. 조바심에 마음이 번갈아 두근거렸다가 무서웠다가 했다. 그러다가 제풀에 지쳐 누우면 금방이라도 잠이 쏟아질 것 같았다. 비린내 나는 바람이 불 때마다 물속에서 커다랗고 미지근한 손이 내 머리 위를 지나는 것 같은 기분이 들었다.

그곳은 막다른 골목이 없는 편이었기에 둔치를 계속 걷다 보면 웃자란 풀들이 얼굴을 간지럽힐 때도 있었고 갑자기 넓은 공원이 성큼 눈앞에 나타날 때도 있었다. 그러면 나는 잠깐 어리둥절하게 서서, 넓고 길게 흐르고 있는 푸른 강을 배경으로 두고 공원에 있는 사람들을 구경했다. 낮에도 밤에도 사람이 많았다. 나도 그 풍경의 일부, 한 사람일 수 있었다. 그런데 그런 기분은 좀처럼 들지 않았다. 사람들이 모두 집으로 돌아가도 나만 어찌지 못하고 끝까지 이곳에 남아 있을 것 같았다. "거기에는 항상 사람이 많아. 큰 강이 있어서. 도시에서 태어난 사람들은 강을 무서워하지도 않고 좋아하니까, 거기에서 장사를 하면 뭐든 많이 팔 수 있을 거다." 나는 외삼촌이 했던 말을 떠올렸다.

자살을 했다. 자살을 해버렸다. 이 두 개의 말은 아무래도 전혀 다른 말인 것 같다는 생각이 계속해서 들었다. 왜 그런 생각이 계속해서 드는지 이유는 알 수 없었다. 다만 이런 생각은 나를 헷갈리게만 하고 전혀 도움이 되지 않는다는 것을 나는 잘 알았다.

이런 생각은 말고. 나는 생각했다.

반짝거리고 단단한 플라스틱 장난감들을 카트에 싣고 몰래 밤 장사를 할 수 있다면 좋겠다는 생각을 해보자. 좋을 거야. 플라스틱 나비. 플라스틱 비행기. 플라스틱 새. 플라스틱 등꽃. 망원경. 대추야자. 만성절에만 쓰는 호박 모자. 사이렌이 울리는 자동차들. 사람을 쏠 수도 있는 총.

그런 생각을 할 수 있었기에 그렇게 했다.

*

내가 살고 있는 단지 뒤편에는 여전히 굴다리가 사방으로 뚫려 있다. 가까이에 높은 건물이랄 게 없어 창문을 열고 바깥으로 상체를 조금 내밀면 그것을 어렵지 않게 볼 수 있었다. 굴다리 세 개. 너머는 알 수 없음. 무언가 있어도 보이지는 않음. 나는 베란다에 있는 종이 상자를 가져와 짐을 챙겨보기도 했었지만 우리는 이사를 가지 않았다.

집안의 누군가 죽거나 나쁜 일이 생기면 이웃 사람들은 이사를 갔다. 가장 나이 든 가족 한 명만 그 집에 남겨두고 뿔뿔이 흩어지기도 했다. 나는 그런 장면들을 종종 보거나 전해 들었기에 우리가 이사를 갈 것이라고 짐작했다. 문밖에서 누군가 나를 기다리고 있는 것처럼 현관을 서성거려도 외할아버지는 꼼짝하지 않았다. 할아버지는 눈을 내리깔고 나에게서 등을 돌리며 말했었다. "그럴 필요 없어. 나쁜 일이라고는 아무 일도 안 생겼으니까." 나는 다시금 그 말이 떠올라 따라 중얼거렸다.

나는 바닥에 누워 눈을 감고 귀에 들리는 소리를 들었다. 굴다리 사이사이로 바람이 지나갈 때마다 규칙적으로 들려오는 소리였다. 그것은 야영 장비를 파는 상점의 작은 풍경 소리 같기도 했고 검은색 알토 리코더 소리나 병원 옥상에 남몰래 세워둔 바람개비 소리 같기도 했는데 지금은 아무 소리도 아닌 것 같았다. 그 소리는 나에게 있어 누군가 파랗게 시든 양손을 반갑게 흔들고 있는 소리가 될 수도 있었고, 한밤중에 들려오는 자전거 소리가 될 수도 있었다. 소리는 눈에 보이지 않는 것이므로 내가 상상하기만 하면 무엇이든 될 수 있는 것이었다. 하지만 그렇다고 해서 그 소리가 정말로 내가 상상한 모습의 소리라고는 할 수 없었다. 그렇기에 그 소리는 무엇이든 될 수 있었고 그 무엇도 아니었다. 나는 그게 이상하다고 생각했다. 이상하다. 이상한 게 아니라면 슬프다, 그렇게 생각했다.

창문을 열어두고 말없이 기다리면 바람은 지나갔고 소리는 멎었다. 금방이라도 다시 되풀이될 것 같았지만 그렇지 않았다. 거짓말처럼 고요해졌다. 착하게 잘 견디는 햇볕 아래의 풀들, 사람들. 역 앞에 남겨진 오렌지 껍질과 C형 건전지. 사탕. 회백색 포치 계단. 설탕이 섞인 기름 냄새.

엄마가 우편으로 엽서를 한 장 보내왔다.

병원에서 나누어 준 정월대보름 엽서였다. 캄캄한 밤에 달이 환하게 떠 있고, 그 아래에 약과를 손에 쥔 아이들과 도깨비불 그리고 토끼가 여럿 그려져 있었다. 먼저 잠들어 눈썹이 새하얗게 변해버린 토끼도 있었다. 엽서를 뒤집으면 병원 주소와 전화번호가 적혀 있는 것이 보였다. '한 해 중 달이 가장 크고 밝은 정월대보름입니다. 가정의 건강과 풍요, 쾌유를 기원합니다.' 정월대보름은 이미 지난 지 오래였다. 한 달은 넘게 지나 있었다. 대보름이 있는 달에는 엄마가 집으로 엽서를 보내지 않았었다. 병원에서는 시간이라는 게 조금씩 엇나간 채로 흐르는 것일지도 몰랐다. 한여름 무더위에도 지독한 추위를 느껴 이가 덜덜 떨린다거나, 한겨울에 머리끝까지 열이 끓어 맨발로 눈밭에 서도 온종일 땀을 흘린다거나 하는 병자들이 있다고 언젠가 들었다.

　다음에 올 때 내가 키울 수 있는 화분과 물컵을 가져다 줘. 손을 움직이고 싶어.

　나는 엽서에 적힌 엄마의 글씨를 읽었다. 엽서에 희고 빈 공간이 많은데도 엄마는 어두운 색이 칠해져 있거나 다른 글씨가 인쇄되어 있는 부분에 자신의 글씨를 덧대어 적었다. 그것은 엄마의 버릇이었다. 엄마는 읽기와 쓰기를 배웠다. 쓰는 법을 배웠는데도 모양이 엉망이어서 반쯤 숨기듯이 글씨를 적는 거라고 했다. 창피해서. "내 말이 무슨 말인지 알겠지?" 엄마가 묻는다. "아니, 모르겠어요." 내가 대답한다. "다시 배우면 돼요. 못 쓴 게 숨겨지지도 않았어요." 엄마는 아무 말도 하지 않는다.

　나는 엄마가 적어둔 글씨를 다시 한번 읽고 나서, 나를 보는 사람이 없는데도 보란 듯이 와하하 웃었다. 거울에 비친 내 얼굴이 쪼개지듯 일그러졌다가 다시 원래대로 되돌아왔다. 병원에는 엄마가 키울 수 있는 생물 화분 같은 것은 가져갈 수 없었다. 벌레가 꼬이기도 하고 풀 알레르기가 있는 병자들이 있기 때문이었다. 물컵을 가져갈 수도 없었다. 쉽게 깨질 수 있기 때문이었다. "무언가 깨지면 그것을 깨뜨린 사람도 다치게 된단다." 간호사는 엄마가 공동체 생활을 하고 있는 거라고 말했다. 병원에서 병자들과 같이 생활을 하고 있다고.

나는 간호사에게 물어보았다. "이곳에서는 무슨 병으로 죽게 되나요?" 간호사는 벽에 묻은 얼룩을 납작한 끌개로 떼어내며 대답하기를 망설였다. "글쎄. 잘 죽지는 않지." 시간을 묻는 병자들에게 시달려 지친 것 같았다. 병원에 입원한 병자들은 시간 개념이 없고 깨진 것들을 너무 좋아했다. 그래서 병자가 되었겠지. 엄마는 편지를 쓰거나 밥을 먹을 때를 제외하고는 양손을 마음대로 움직일 수도 없었다. 남을 괴롭히거나 자살을 할 수도 있으니까. 그게 아니고. 남을 괴롭히기도 하고 자살을 할 수도 있으니까. 이것들을 엄마도 알고 있을 거였다. 그런데도 엄마는 손을 움직여 부지런히 엽서에 적는다. 내가 키울 수 있는 화분과 물컵을 가져다줘. 손을 움직이고 싶어.

*

병원 앞 샌드위치 가게. 오이피클이 들어 있는 유리병. 음식 포장지. 큰길이 내다보이는 병실들. 크레용을 베어 먹고 새 이불 위에 누워 낮잠. 4인용 병실은 창문이 컸고 햇볕이 잘 들었고 체구가 큰 엄마는 만날 때마다 모습이 바뀌어 있었다. 초록일 때도 있었고 파랑일 때도 있었다.

딱히 색의 이름을 붙일 수 없는 어정쩡한 모습일 때도 있었다. 초록일 때의 엄마는 산책을 허락받을 때까지 말썽 없이 있다가 사각지대에서 나를 끌고 무단 횡단을 하려고 했고 자기가 아픈 게 아니라고, 그리고 절대로 행복해지지 못할 거라고 우겼다. 그러면 나는 지금은 엄마가 초록이다, 그렇게 생각했다. 사람이 언제까지고 초록이기만 할 수는 없는 법이었다. 내가 생각하기에 엄마는 행복해질 수 있었고 종종 행복해 보였다.

파랑일 때의 엄마는 나에게 살아가는 데 필요한 것들과 기본이 되는 것들을 알려주기 위해 몇 번이고 노력했다. 올바른 젓가락질, 시계 보기, 우비 입기, 모르는 사람의 날씨 이야기를 들어주기, 밤 까기, 친구를 기다리기, 손을 뻗기, 물 없이도 알약을 삼키기. 그러고는 동그랗고 짠맛이 나는 토마토젤리를 혼자만 많이 먹었다. 나는 나중에라도 내가 엄마를 알아보지 못하게 될까 봐 엄마와 나만 아는 암호를 만들어두었다. 외삼촌이 말하기를, 군대에서 암호는 길이가 길지 않은 것이라고 했다. 보초를 서는 군인이 암호를 외치면 그 군인은 위험에 빠진 거라고. "아군끼리는 알아, 그 암호를." 나는 그것을 엄마에게 말해주었고 엄마는 작은 비밀이 생긴 것처럼 즐거워하며 내 귀에 대고 속삭였다. "무슨 말인지 알겠어." 그러고는 손가락으로 허공에 무언가를 적었다. 다들 잘 지내지? 나는 그게 우리의 암호가 될 수 있다고 생각했다. "응. 잘 지내요."

엄마는 나를 많이 사랑했다. 엄마가 그렇게 말했었다. 나는 엄마의 말을 믿었다. 믿지 않을 이유가 없었고 내가 그 말을 믿는 것이, 엄마의 이야기와 더 잘 어울리기 때문이었다. 엄마가 아픈 건 나 때문이었다면 좋았겠지만 엄마 자신 때문이었다. 어쩌면 엄마는 그 병의 발생을 알 수 없을 수도 있었다. 그런 것은 누구라도 알 수 없는 것일 수 있었다. 다른 모든 것의 발생처럼 이렇게, 누군가에게는 아무 상관도 없을 일들이 여기저기에서 매일같이 일어나곤 하듯이 여기저기에서, 아무렇지도 않게 이렇게. "내가 말했지." 엄마가 말한다. "네 아빠가 너를 지우자고 했어. 약속을 어긴 거나 다름없으니까. 그런데 나는 모든 약속을 어겨. 나만 그러는 것도 아니잖아, 그게 대체 무슨 말이었을까? 이렇게 될 게 아니었는데…… 몰랐니? 네 아빠보다 내가 먼저 너를 지우고 싶다고 생각했었어. 배가 너무 뜨거워서…… 나는 더운 걸 싫어하거든. 무슨 말인지 알겠지? 그 사람이 지우자고 하니까 갑자기 너를 많이 사랑하게 된 거야. 그 전까지는 그게 잘 안 됐는데, 기뻤어. 언젠가 다리를 걸어 한번 넘어뜨리고 싶더라."

엄마가 가장 듣기 좋아하는 이야기는 병이 다 나아 퇴원한 사람이 멀쩡한 채로 또다시 병자가 되는 이야기. 불리해, 불리해, 이거 아니야, 하고 중얼거리며 또다시 병원으로 되돌아가게 되는 완전한 병자의 이야기.

"이쪽으로 와. 거기는 햇빛이 너무 강해."

엄마는 자신의 병이 완전하게 나을까 봐 늘 겁먹었다. 건강하게 살아본 적이 없어서. 아마도 그랬다.

나는 집 밖으로 나와 아무 생각 없이 길을 걸었다. 화분과 물컵을 대신해서 가져갈 수 있는 물건들이 있을 텐데 그것들에 대해 별로 생각하고 싶지 않았다. 날씨가 더는 춥지 않았다. 벌써 봄이라도 된 듯이 선선했다. 검게 그을은 담장 너머로 흰색 작약이 군데군데 활짝 피어 있었다. 나는 할아버지가 안쪽에 서 있을 청과물 가게를 지나쳤다. 잠깐 동안 그 주변을 돌아다녔다. 정류장에 앉아 버스를 기다리는 사람들과 함께 시간마다 오는 버스를 기다려보기도 했다. 버스가 오면 타지 않고 보내주었다. 정류장의 안내 표지판과 가판대가 햇빛을 받아 이따금 밝게 빛났다. 매연 냄새와 생크림 냄새. 양배추 냄새. 좁은 창문들. 장기판. 모든 기물은 열여섯 개의 정해진 자리가 있다. "뭐, 나는 어제랑 비슷해." 멀지 않은 곳에서 할아버지의 목소리가 들렸다. 나에게 하는 말이 아니어도 들었다. 할아버지의 목소리가 아닐 수도 있었다. "어디로 가는데? 거기에도 비 소식은 없던데. 날이 곧 따뜻해질 거야. 잘 다녀와."

저녁이 되면 할아버지는 겉잎이 상한 양배추를 몇 개 골라 만두 가게에 재료로 주고 만두를 얻어먹을 것이었다. 나도 가끔은 나눠 먹은 적이 있었다. 맛이 좋았다. 하지만 다른 걸 더 먹고 싶었다. 할아버지는 양배추와 밀가루로만 만든 만두를 먹고 차가운 중국 술을 마시는 것만으로도 만족했다. 사람들이 술에 취한 할아버지를 힐끔거려도, 곁에서 그 시선에 대신 화를 내줄 친구 하나 없어도 좋다고 했다. 오래전에 전매청에서 일할 때도 그랬을 거였다. 아니면 조금은 달랐을 수도 있겠지. 여러 일이 아직 잠자코 할아버지를 기다리고 있었을 때이니까. 할아버지의 팔에는 시위 현장에서 입은 큰 흉터가 있었다. 그는 농가에서 담배를 수확하는 시기마다 돈을 아주 많이 벌어들였던 사람이었다. 농부들에게 받은 부정한 돈이어서 은행이 아닌 장롱에 가득 넣어두었다고. "정말이야. 돈이 가득했어." 외삼촌이 말한다. "그걸 올려다보는 것만으로 좋아서 나는 몇 장 훔치지도 않았어. 불이 날까 봐 생일에 초도 안 켰어. 상상이 되니? 저기 저 꼭대기까지야." 나는 장롱 위를 가리키는 외삼촌의 얼굴을 바라보며 와아, 탄성을 내뱉는다. 상상이 되니? 물론 그렇다고는 해도…… 3등급 담배를 1등

급으로 올려서 허가해줄 수는 없습니다. 다들 바보가 아
니에요. 재배할 때부터 종자가 다른 것일 수도 있겠지요.
빛을 덜 받으면 발아가 더딜 수밖에 없고요. 발아가 더딘
종자들은 아무리 다 자라도 1등급은 감히 어림도 없다고
요…… 나는 할아버지가 했을 법한 말과 표정을 상상하고
따라 해볼 수는 있었지만 돈을 가득 채운 장롱이나 할아
버지의 늙지 않은 얼굴, 목소리 같은 것들을 상상해보기는
어려웠다. 할 수 있는 일을 하고, 먹을 수 있는 음식을 먹
고, 만날 수 있는 사람만을 만나고, 잘 수 있는 만큼의 잠을
자기. 그리고 일어나 걷기. "그보다 더한 것을 욕심내면 사
람이 망가지는 거다." 할아버지가 술잔에 술을 넘치지 않
게 따른다. 가게 천장에 달린 낡은 전구가 지글거리는 소
리가 들린다. 필라멘트. 원기둥. 비를 내리게 하는 묘약. 삶
은 새우. 이마 좀 다시 보여줘. 수도관이 죄다 터져서 그래.
나는 학교에서 배운 말과 단어를 떠올린다. 할아버지의 울
대뼈를 타고 투명한 액체가 흘러내린다. "그렇게 하기 싫
으면 어떡해?" 내가 묻는다. "그보다 더한 것을 매일 욕심
내고 싶으면 어떡해?" "그러면 사람이 망가지는 거다. 그러
면 안 돼. 여태도 안 왔잖아." 할아버지는 화를 내다가 고개
를 떨군다.

＊

봄에는 딸기.
여름에는 복숭아.

＊

　같은 말을 중얼거리며 걷고 있는 사람을 우연히 보았다.
"봄에는 딸기. 여름에는 복숭아. 장미의 행렬은 남색 대문."
형광색 조끼를 입고 길목을 청소하고 있는 곱슬머리 남자
였다. 남자는 길목에 있는 쓰레기들을 긴 집게로 주워 비
닐 안에 넣었다. 스스로 정해둔 줍는 순서가 있는 듯했다.
비닐이 투명해서 안에 있는 쓰레기들이 잘 보였다. 하트
모양의 빨대가 비닐을 뚫고 나올 것 같았다. 그 아래에 귀
가 두꺼운 쥐도 죽은 채 있었고 철 지난 야생화의 잎과 줄
기도 한데 엉켜 뭉쳐 있었다. 남자가 한쪽으로 기울어진
비닐을 천천히 흔들어 마치 쓰레기들을 헹구듯이 그 안을
정돈했다. 하트 모양의 빨대가 다른 쓰레기들 사이에 뒤섞
여 더는 보이지 않았다. 봄에는 딸기, 여름에는 복숭아, 장
미의 행렬은 남색 대문. 남자는 나를 지나쳐 그대로 앞을
향해 걸어갔다. 남자에게서 독한 과산화수소 냄새가 났다.

비와 알코올을 섞은 냄새. 술은 물이 아니고 불이야. 조심해. 물과 불을 섞은 냄새. 나는 고개를 돌렸다.

"과산화수소는 아무 냄새도 없는 액체인데. 거짓말하면 안 된다. 너는 그 냄새를 못 맡아."

선생님이 말한다.

"거짓말이 아닌데요. 그럼 그 냄새를 무슨 냄새라고 해야 돼요? 그건 과산화수소 냄새가 맞아요."

선생님은 매번 그 냄새를 모른 척했지만 나는 선생님이 그 냄새를 알 것이라고 여겼다. 선생님은 외삼촌을 만난 적이 있으니까. 내가 사물함에 남자애 머리를 욱여넣고 다시 하자고 말한 탓에 외삼촌이 학교에 불려 온 일이 있었다. "다시 해. 다시 해." 그날 나는 교무실 탁자 위를 손톱으로 긁으며 앉아만 있었고 외삼촌은 선생님들에게 허리를 굽혀 인사했다. "분명히 문제가 있어요. 신경을 써야 해요." "네, 알겠습니다. 신경을 쓰겠습니다. 문제가 있다면요." 면담을 끝내고 외삼촌과 나는 나란히 복도를 걸었다. 방과 후 시간이어서 우리 두 사람의 발소리만 사방으로 멀리 울렸다. 교복이 아직 커서 헐렁했다. "왜 다시 하자고 했어?" 외삼촌이 물었다. "나보고 못한다고 하니까." 내가 대답했다. "내 안은 뜨겁지가 않대. 말하자면 곤죽 같은 거지. 그래서 다시 하자고. 다시 하면 더 잘하게 되니까." 내 말을 듣고 외삼촌은 웃었다. 그때 복도 창문을 통해 바람이 불어왔다. 외삼촌에게서 독하고 좋은 냄새가 났다. 물과 불을 섞은 냄새. 독풀 냄새. 너 조심해.

"다시 하지 말어. 걔가 못한 거야. 다른 애랑 해봐. 지금 말고, 너 기분 좋을 때." 나는 교복 주머니에 양손을 넣고 고개를 끄덕였다. 주머니에 아직 뜯지 않은 실밥과 모래가 가득했다. 실밥과 모래가 아무리 가득해도 내 주머니는 불룩해지지 않았다. 양손을 다 넣어도, 남의 것을 모조리 훔쳐 숨겨두어도 어쩐지 계속 그럴 것 같았다.

학교 건물을 빠져나오자 외삼촌이 나를 조금 앞질러 걸었다. 나는 외삼촌의 뒷모습을 보면서 외삼촌의 여자친구를 머릿속으로 대강 떠올려보았다. 세 손가락이 잘렸고 남은 손가락에 반지를 많이 낀 여자. 여자가 천천히 옷을 벗는다. 여자의 늙은 가슴이 조명을 받아 과육처럼 번들거린다. 앞으로도 네 삼촌은 나랑 다닐 거야. 나는 걸음을 멈추었다. 갈라진 아스팔트 바닥에 내 모양만큼의 그늘이 졌다. 몸이 더웠다. "삼촌이 술집에서 일하니까 걔가 나한테 기대를 한 거야. 나도 잘할 거라고." 앞서 걷던 외삼촌이 걸음을 멈추고 뒤를 돌았다. 햇빛이 강해 자꾸 눈이 부셨다. "뭐야. 나도 잘은 못하는데." 외삼촌은 다시 와하하 웃었다. 외삼촌의 얼굴이 쪼개지듯 일그러졌다가 다시 원래대로 되돌아왔다. 나는 그 얼굴을 보았다. "그런데 그게 너랑 무슨 상관이야? 죽여버리고 와." 운동장 개수대에서 걸레를 빨고 있던 애들이 서로에게 걸레를 던지는 시늉을 하며 놀고 있었다. 축축하게 젖은 걸레 냄새. 물과 빛이 뒤엉킨 개수대. 둥근 수도꼭지. 만년. 이런 기억들은 굳이 애쓰지 않아도 불쑥불쑥 떠올라 마치 살아 있는 생물처럼 몸을 웅크리기도 하고, 대낮에 교실을 활보하며 돌아다니기도 했다. 나는 그게 마음에 들었다. 마음에 들어서, 떠오르는 대로 내버려두었다.

*

선생님은 강당 맨 오른쪽에 앉아 생활기록부를 펼치고 밑줄을 그었다. 연극부원인 학생들의 이름을 확인하고 학기 말 생활기록부에 발달 상황을 적기 위해서였다. 공정하게, 누락 없이. 올해부터는 과학 선생님이 연극부를 맡아 지도해주었다. 그는 나의 담임선생님이기도 했다. 선생님은 마음 내키는 대로 계획을 세웠다. 소품 구하기. 대사 외우기. 키 재기. 등장 동선에 대한 교육을 받기. 인물의 감정을 상상해보기. "이 인물이 어떤 감정으로 이러한 행동을 하는지 여러모로 깊이 생각해보는 거다." 내 교복은 이제 헐렁하지 않고 나에게 잘 맞았다.

학교는 월요일부터 금요일까지 갔다. 주말에는 학교에 가지 않아도 되었다. 하지만 연극부원들은 연극 연습을 위해 토요일에도 학교에 와야 했다. 공연은 연말에 할 예정이었고 강당은 천장이 높아 올려다보는 게 재미있었다. 작년에 벽에 바른 페인트도 이제는 다 말라서 머리카락에 페인트를 묻힐 일도 없을 거였다. 나는 잘 마른 벽을 손바닥으로 두드리며 강당 안을 돌아다녔다. 어떤 자리는 내 머리카락이 쓸고 간 모양 그대로 파여 말라 있었다. 나는 그 자리를 기준으로 삼고 강당을 한 바퀴 돌았다. 한 바퀴를 돌고 제자리. 다시 한 바퀴를 돌고 다시 제자리. 페인트가 묻었을 때 내 머리카락 끝은 잠깐 동안 금발이었다.

"극단 단원들은 보통 그렇게 말을 한다. 끝을 올리지 않고 내려서."

"중간에 숨 쉬는 거 잊지 말고."

나는 딴청을 피우다가 자리에 앉아 선생님이 다른 부원에게 하는 말을 노트에 적었다. 말끝 내리기. 숨쉬기. 극단 단원들은 보통 그렇게 말을 한다.

나는 숨 쉬는 것을 잊어본 적은 없었다.

연극의 제목은 「럭키 클로버」였다. 내가 맡은 배역은 나무였다. 배역을 정할 때 내가 나무를 하고 싶다고 말했다.

먼저 손을 들었다. 나무를 하고 싶어 하는 부원은 나 말고 는 없어서 어렵지 않게 나무가 되었다. 5백 년 동안 뿌리를 내린 고목은 오직 방백만을 할 수 있었다. 무대 위에 있는 모든 배우가 나무가 하는 말을 실제로 듣고 있지만, 마치 전혀 듣지 못하는 것처럼 구는 것이 방백이 가진 유일한 규칙이었다. 곁에 사람을 두고도 홀로 하는 말. 나무가 하는 말은 무대 아래에 있는 관객들만이 들을 수 있었다. 하지만 연습하는 도중에는 관객이랄 게 없으므로 내가 하는 말은 지금껏 아무도 듣지 않은 것과도 같았다. "요상하게 들릴지도 모르겠으나 나는 5백 년 동안 같은 자리에 있었기에 나의 뿌리는 약재로도 쓸 수 없다오." "뿌리의 독성을 다스리는 데에는 정신 훈련이 필요하니 들어보세요." "위네바고족의 6월은 옥수수수염이 나는 달, 나의 나뭇가지에 당신의 사다리를 걸지 마세요."

나는 대사도 잘 외우고 연기도 곧잘 했다. 실력이 떨어지는 부원들은 내가 대화를 나누지 않는 외로운 역할을 맡아 쉽게 연기하는 거라고 했지만 그 말은 사실이 아니었다. "혼자 말하는 편이 훨씬 어렵지. 너희는 아무것도 모르는구나. 너희가 나누는 게 대화라도 된다고 생각하니? 너희는 극장 앞에서 마사지 티켓이나 팔게 될걸." 내가 그런 말을 하면 부원들이 다리를 걸어 나를 힘껏 넘어뜨린다. 나도 일어나서 부원들을 하나둘 넘어뜨린다. 눈에 보이는 것은 다리를 걸어 서로 다 넘어뜨린다. 강당 바닥에 박혀 있는 압정이나 못에 귀가 찢어지는 일도 가끔은 일어난다. 큰일은 아니어도 이때 부원들은 울상을 짓거나 정말로 울거나 시끄럽게 군다. 귀머거리가 될까 봐. 쏟아지는 피가 마지막 남은 청력이라도 되는 듯이 다른 사람의 것도 쓸어 담으면서 바닥을 기어다닌다. "야. 돌려줘. 내 거잖아. 뭐야, 빼앗지 마……" 그런데 오늘은 다 같이 바닥에 엎어져서는 좀처럼 다시 일어나려고 하질 않는다. 죽었나, 아닌가. "그게 아니고. 무릎이 아프고 졸려서요." 나도 그렇게 한다. 나를 그렇게 둔다. "벌써부터 쉬면 안 된다. 왜 또 다 같이 엎어져 있는 거냐?" 선생님이 묻는다. "이런 건 장난에 가까워요." 누군가 대답한다. 나와 다른 부원들이 고개를 끄덕인다. 어째서인지 방금까지 함께 행복하게 놀았다는 기분이 든다. 유리 창문 너머로 공장 지대의 기계 돌아가는 소음이 이어진다. 아무도 귀를 안 막는다. 과연 이런 건 전부 장난에 가깝다.

  아니다. 이런 건 장난에 가까울 수 없다.

  이런 건 장난에 가깝지 않다.

  나는 작다. 나는 강하지 않다. 나는 타고나기를 병들어

도움이 필요하다.

*

　나는 매일 많은 꿈을 꾸었다. 외줄 철길이 나오는 꿈. 불길하고 무서운 꿈. 함정에 발이 빠지는 꿈. 과일나무 아래서 보라색 열매를 훔쳐 달아나는 여자를 지켜보는 꿈. 꿰맨 자국이 있는 배에 귀를 대고 조는 꿈. 배를 조금 뜯어 열어보면, 배 속에서 몰래 자라고 있던 아기에게 손을 깨물리는 꿈. 내가 탄 그네를 누군가 뒤에서 밀어주는 꿈. 얼굴을 뒤덮는 바람 냄새, 은화처럼 요란하게 쏟아지는 비, 맨발로 걷는 두 발, 화로 주변의 새까만 불씨들, 땀에 절은 속옷, 잠꼬대 소리. 꿈속에서 나는 얼마든지 죽을 수 있었고 살 수도 있었다. 높은 곳에서 뛰어내려 땅에 머리가 깨져 죽게 된다고 해도 꿈에서 단번에 깨어날 수 있는 것은 아니었다. 머리가 깨진 채로 일어나 운동장을 돌아야 한다면 운동장을 돌았고, 나뭇가지를 쌓아야 한다면 나뭇가지를 쌓았다. 꿈속은 질서가 없어 보였고 정말로 질서랄 게 없었지만 향하고 있는 과녁은 늘 같았다. 내 꿈들은 고집이 세서, 나에게 보여주고 싶은 것들을 밤새 다 보여주고 싶어 했다. 내가 예기치 못하게 그것들을 다 보지 못한 채 깨

어난 경우에는 보복이라도 하듯이 한동안 아무것도 보여
주지 않았다.

어떤 꿈에서의 나는 원령에게 흘려 비탈진 언덕을 올랐
다. 원령은 원한을 품고 죽은 사람의 혼령. 원한을 해소하
지 못하고 죽으면 인간은 귀신이 되어 영영 구천 근처만을
떠돌게 된다. 심심하겠고 쓸쓸하겠다. 하루빨리 구천에 다
다르고 싶겠다. 하지만 방법을 모르겠지. 나는 원령이 원
령이 되기 이전에 어떤 모습의 인간이었을지 궁금했지만
원령은 어떠한 형태를 가지고 내 앞에 나타난 적이 없었고
단지 얇은 천이 펄럭이는 것처럼 미지근한 기운을 띠고 눈
앞에 어른거리기만 할 뿐이었다. 만약 이 꿈이 나의 꿈이
아닌 원령의 꿈이었다면 이처럼 비탈진 언덕을 올라 땅의
가장 밑바닥인 구천으로부터 멀어지게 되는 일은 일어나
지 않을 것이었다.

어쨌든 원령은 이미 죽었고, 언덕을 끝까지 오르면 평지
였다.

평지에서 원령은 곧 사라졌다. 날이 밝았기 때문이었다.
해가 뜨면 원령은 몸이랄 게 없어도 자꾸 어딘가에 부딪혀
곤란을 겪었다. 원령이 사라진 자리에는 동물 발자국 같은
것이 여기저기 흩어진 모양으로 찍혀 있었다. 어디에서 물
을 묻혀 왔는지 젖은 발자국이었다. 금방 말랐다. 나는 원

령에게 홀린 상태여서인지 병지에 서 있음에도 불구하고 계속해서 평지에 서 있는 연습을 하다가 잠에서 깼다.

"여름이어서 땀이 뻘뻘 났어. 그런데 눈이 내렸다."

내가 말한다.

"네가 겁이 많아서 그래."

키위가 들고 있던 종이 뭉치를 들추며 나의 꿈의 마지막을 해석한다. 단지 또 내가 겁이 많아서라는 것이었다.

내 꿈의 마지막과 관련해서라면 모르겠지만 그 말은 사실일 수 있고 사실이기도 하다. 나는 겁이 많았다. 겁이 많지 않았더라면 지금쯤 나의 어딘가를 스스로 고장 내거나 고칠 수도 있었을 거였다. 나는 그러지 못했다. 방법도 몰랐다. 나는 내가 겁이 많은 편이 더 좋았다. 나만큼은 아니어도 키위도 겁이 많은 편에 속한다. 키위는 몇 년 전에 친척들과 함께 목숨을 걸고 국경을 넘어 이곳에 왔지만 그것은 순전히 키위의 의지로 이룬 것도 아니었고, 키위의 아빠와 형이 넘으려고 했던 또 다른 국경에는 이제 거대한 장벽이 세워져 키위의 주변 사람들 중 그 누구도 국경에 대한 이야기는 꺼내지 않는다고 했다.

"아무리 해도 넘볼 수 없게 되었으니까." 키위는 말했다. 그런 말을 하며 몸을 떨었다. 이미 한번 국경을 넘었는데도 환청으로 들리는 포탄 소리와 남은 가족들 생각에 겁을 내는 것이었다. 키위는 강가에 있으면 포탄이 강물에 빠지는 것만 같아 안정이 된다고 했었다. 밤이 되면 강 건너편의 불을 밝힌 아파트 창문들이 물 위에 비쳐 매우 아름답다고.

나는 키위가 나와 같은 겁쟁이인 것이, 손에 쥔 칼로 자신을 지키기보다는 그저 세게 쥐고만 있어 손바닥을 온통 피범벅으로 만드는 타고난 기질이 어느 때는 좋았고 어느 때는 싫었다. 키위의 타고난 기질이 싫어질 때마다 나는 그를 완전히 잊고 지냈다. 강가에서 만난 키위에 대해서라면 그럴 수 있었다. 키위도 나에 대해서라면 마찬가지일 것이었다. 내가 키위에 대해 아는 것이 별로 없는 것처럼 키위 또한 나에 대해 아는 것이 별로 없었다. 어쩌면 나에게는 다른 사람이 알 만한 뭐가 있지도 않았다. 키위에 대해 내가 안다고 말할 수 있는 것이 있다면 그것은 키위의 성기나 주근깨가 아닌 눈이었다. 친구 키위의 눈, 그건 새까만 눈동자에 누군가 사포를 문지른 것처럼 회백색을 띠고 있어 마치 물을 섞은 것도 같았는데, 정말로 그랬다면 한밤에 앞을 보거나 할 수는 없을 거였다.

키위는 '도주'라는 단어를 배웠으면서도 나에게 그 의미를 물을 때가 있었고 가끔은 외운 것처럼 같은 말을 반복했다. "나 뭔가 잘못됐어. 내가 안다. 그런데…… 뭐가 잘못

된 건지는 모르겠어." 그럴 때 키위는 무언가 곰곰이 생각하는 눈치였다. 키위가 나에게 말해주지 않을 무언가를 곰곰이 생각하는 동안 내가 떠올리는 것은 구체적이지 않은 4층짜리 건물이나 솟대, 수화기를 가로질러 들렸을 외삼촌의 목소리 같은 것들이었다. 누나. 나 뭔가 잘못됐어. 그런데…… 뭐가 잘못된 건지는 모르겠어.

집으로 돌아가는 도중에 키위는 모국어로 복잡한 말들을 공부했다.

Yolcuları karşılayanların bekleme yeri nerede?

마중 나온 사람들이 기다리는 곳은 어디예요?

Bununla aynı ilacı verir misiniz?

이것과 같은 약을 주실 수 있나요?

O benim yapmadıklarımı yaptığımı söyledi.

이 사람이 제가 하지 않은 말을 했다고 하는군요.

내가 키위의 모국어를 따라 하려고 하면 키위는 신경질적으로 웃었다.

*

「럭키 클로버」의 주인공은 자신에게 주어진 행운을 찾

아 모험을 떠난다. 그에게 주어진 행운이라는 게 무엇인지는 조금이라도 알려진 바가 없고 그것을 발견하게 되면 스스로 그것이 자신의 행운임을 알아볼 수 있을 거라는 스승의 말을 주인공은 믿는다. 주인공이 내달리는 평평하고 너른 들에는 밀이 잘 자라고 있고, 사이사이 작게 소리 내어 웃는 듯한 바람 소리가 들린다. 만년설로 뒤덮인 산들, 햇볕에 바랜 우듬지, 수용소. 주인공은 울창한 숲의 입구에 도착한다. 숲지기의 안내를 받아 숲에 들어선 주인공은 그곳에서 양과 새와 같은 동물들과 우정을 나누고 나무들의 생일을 함께 축하한다. 나쁜 일은 일어나지 않는다. 방해꾼도 나타나지 않는다. 좋은 날이야. 주인공은 생각한다. 하지만 계속될 수는 없는 좋음이야. 주인공은 이 이야기의 주인공이기 때문에, 행운을 발견하려면 반드시 불운이 필요하다는 것을 알고 있다. 주인공은 물웅덩이에 비치는 맑게 갠 하늘과 자신의 얼굴을 들여다본다. 그의 등 뒤로 번개에 목이 부러진 나무 기둥이 엇갈려 누워 있다. 목이 부러진 나무는 말이 없다. 둥글게 말라 죽은 잎사귀 주위에 약초가 무성하다. 주인공은 제자리에서 두 걸음 떨어져, 번쩍이는 불꽃과 운명이 약속했던 행운이 모습을 드러내는 장면을 상상해본다. 그리하여 숲은 밝고 나무는 어둠.

쓸 수 있는 대답

어제저녁 유림은 손질한 닭을 굽고 하이볼을 나르는 아르바이트를 마치고 집으로 돌아가는 길에 승용차에 치여 다리를 다쳤다. 왼쪽 정강이와 발등 그리고 발가락 세 개가 뒤에서부터 조금씩 차례대로 박살 난 것이었다. 유림은 자신의 다리가 마치 판판한 납지로 되어 있고 누군가 그것을 단번에 우그러뜨린 것 같다고 생각했다. 정말 그래. 유림은 차에 치인 모양 그대로 땅에 앉아 있었다. 좁다란 골목으로 천천히 우회전하는 차량이었기에 충돌 소리가 크지는 않았다. 그다지 주의를 기울이지 않고 들으면 잡곡을 가득 담은 자루가 넘어지는 소리로도 들을 수 있었다.

"괜찮아요?" 운전자가 차에서 내려 유림을 살폈다. 운전자는 중년이었고, 곤란하다는 듯 양손으로 이마를 쓸어 넘길 때마다 달고 시원한 오렌지 껍질 냄새가 났다. 유림은 사고를 낸 운전자와 함께 그의 승용차를 타고 가까운 병원 응급실에 가려고 했는데, 유림의 다리에서 피가 너무 많이 나자 겁을 먹은 운전자가 그러지 말고 우선 신고를, 하고 휴대폰을 꺼내어 다급히 구급차를 부른 탓에 그러지 못했다. 그 때문에 구급차를 타고 종로구 삼일대로17길 앞에 당도한 구급대원 두 명이 접이식 운반구에 유림을 실어 응급실로 향했다.

응급실 앞에는 사람들이 모여 있었다. 'ⓐ 발열: 37.5도 이상 또는 ⓑ 호흡기 증상: 기침, 가래, 몸살, 호흡곤란 등 해당 증상이 있는 분은 병원 내로 진입하실 수 없습니다.' 유림은 입구에 적힌 글씨를 읽었다. 그 옆에 고열에 시달리는 아이를 안은 남자가 자리를 떠나지도, 응급실에 들어가지도 못한 채 서 있는 것이 보였다. "지금은 해드릴 수 있는 것이 없어요. 열이 있으면 다른 응급실에 가더라도 마찬가지예요. 못 들어가요. 감염증 검사 확인증이 있어야 돼요." 간호사가 말했다. "그러면 어떻게 해야 합니까? 이렇게 열이 나는데요." 남자가 물었다. "지금은 해드릴 수 있는 것이 없어요. 열이 있으면 다른 응급실에 가더라도 마찬가지예요. 어차피 못 들어가요. 감염증 검사 확인증이 있어야 돼요." 간호사는 같은 말을 되풀이했다. 접이식 운반구에서 응급실 이동 침대로 옮겨진 유림은 남자와 아이를 번갈아 보았다. 아이는 알고 있을까. 유림은 생각했다. 아빠가 너를 살리고 싶어 해.

유림은 방호복을 입은 직원에게 발열 확인을 받고 남자와 아이를 지나쳐 응급실 안으로 들어갔다.

크고 작은 응급처치를 마친 유림은 병동에 얼마간 입원할 것인지 아니면 외래 진료를 받을 것인지 고민하다가 지금은 7월이고 날이 몹시 더우니 집 근처에 있는 개인 병원으로 가야지, 하고 운전자와 합의를 했다. 치료가 다 끝날 때까지는 합의하는 것이 아니라고 언젠가 보험사 직원이 정보를 알려준 적이 있었지만 유림은 병원비를 포함하여 총 150만 원에 합의하자고 먼저 말했고, 다치지 않은 무릎을 접었다가 펴며 자신의 진료 기록에 '단순 귀가'라는 글씨가 적히는 것을 보았다.

"그만 집에 가세요. 저는 집에 갈 거예요."

유림이 말했다.

운전자는 나중에라도 문제가 생기면 꼭 연락을 달라며 유림에게 명함을 건넸다. 청과물을 파는 가게의 이름과 주소, 전화번호가 적힌 희고 단순한 명함이었다. 명함을 건네는 손이 눈에 띄게 떨리고 있어 유림은 거즈를 덧댄 손으로 감싸듯이 명함을 잡았다. "아니에요, 저는 연락 안 해요…… 잊어버리세요."

유림은 택시를 타고 집으로 돌아갔다.

언젠가 우리가 다시 만난다면 우리 중 하나는 죽어야 할 거야. 집으로 돌아온 유림은 택시 안 라디오에서 들은 독일어 문장의 해석을 떠올리며 아침에 먹을 진통제와 근이완제를 앞서 챙겨 먹고 침대에 누웠다. 한쪽 다리만 다쳐서인지 다친 다리는 주변에 석고를 부은 것처럼 무겁게만 느껴졌고 다치지 않은 다리는 나무 막대라도 되는 듯 약한 바람에도 쉽게 기울어질 것 같았다. "둘 다 내 다리야." 유림은 천장을 보았다. 낮은 천장을 타고 비스듬히 지나가는 노란 불빛이 보였다. 불빛은 창 아래 방향으로 내려와 유림의 얼굴을 잠깐 비추고 사라졌다. 비스듬히 지나갔으니까 가로등은 아닐 테고 가로등은 서 있잖아 아마도 전조등 불빛이다. 하지만 이곳은 원룸이 모인 다세대주택의 꼭대기 층이고 그렇다면…… 의심을 조금 할 수도 있지 않나, 유림은 생각했다. 차가 오는 것을 알고도 피하지 않은 것은 아닌지 조금은 의심해볼 수도 있지 않나?

"나는 의심을 하고 있는데……"

유림은 중얼거렸다.

하지만 유림은 얼마 전에 자살하기를 그만두었기 때문에 의심을 오래 하지는 않았다.

유림은 손이 차가워져 주먹을 쥐었다가 폈다. 어긋나게 자란 뼈마디가 맞닿는 소리가 들리자 유림은 그 소리를 시험해보려는 것처럼 다시 여러 번 주먹을 쥐었다가 펴보았다. 머리맡에 놓여 있던 휴대폰 화면이 켜졌다. 진동이 이어졌다. 유림은 전화를 건 사람이 누구인지 확인하지 않고 전화를 받았다.

"뭐 해?"

전화를 건 사람은 유림의 친구인 성아였다.

"그냥 있어."

"지금 동우 가게 마감하고 같이 밥 먹을 건데 너도 올래?"

유림과 성아의 친구인 동우는 어머니와 함께 가정식을 파는 작은 가게를 운영했다. 어머니가 퇴근한 저녁 시간에는 간단한 안주와 술도 팔았다. 동우는 밥을 잘 짓고 된장국을 너무 뜨겁지 않게 끓이는 재주가 있었기에 유림은 그곳에 가고 싶었지만 배가 고프지 않았고 졸음이 오기도 하여 가지 않기로 했다.

"안 갈래. 근데 나 차에 치여서 다리 다쳤다."

유림이 말했다.

성아는 말이 없었다. 유림이 고개를 저으며 웃었다.

"그게 아니라, 사고가 있었어."

사고는 뜻밖에 일어난 불행한 일. 유림은 '사고'라는 단어의 의미를 한 포턴 사전에서 찾아 성아에게 말해주었다. 그렇게 말하고 나니 정말 그래, 의심을 왜 해, 뜻밖에 일어난 불행한 일인데, 하고 스스로도 믿게 되었다. 정말로 죽고 싶었다면 한낮에 차도를 가로질러 전력으로 달려오는 차량에 치이면 되는 일이었다. 하지만 유림은 그럴 생각이 없었다. 알지도 못하는 운전자를 불행하게 만들고 그의 기억 속에 혼자 어색하게 남아 있고 싶지 않았다. 게다가 나는 죽은 모습일 것 아니야? 싫다.

"우리가 너 있는 데로 갈까?"

성아가 물었다. 성아의 목소리 뒤로 동우의 목소리도 들렸다. 무슨 말을 하는지 알아들을 수는 없었지만 동우의 목소리라는 것은 알 수 있었다. 주머니가 달린 앞치마, 젓가락, 손톱 줄, 화병, 달걀물, 환풍구, 정수기 물통들. 유림은 동우의 가게에서 보았던 사물들을 떠올려보았다.

"오지 마. 나 졸리다."

유림은 깜빡 잊고 우편물을 가지고 오지 않았다는 이야기를 마저 하고서 전화를 끊었다. 그러고는 가만히 있었다. 유림의 집은 시곗바늘이 있는 시계가 없었고 기르는 동물도 없어 아무런 소음 없이 조용했다. 방음이 잘되지 않는 벽을 통해 옆집에 사는 노부부의 말소리만 나직하게 들려올 뿐이었다. 당신은 이제 사탕을 큰 봉지로 사 와도 싫어? 어, 지금은 너무 늙어서. 이제 나도 싫은 거야? 그건 아니야, 성가시게 왜 이래? 지금은 너무 늙어서 아니 그게 그렇잖아…… 유림은 단지 앞 화단에 나란히 구근을 심던 노부부의 얼굴을 떠올리며 두 사람의 말소리를 들었다. 말소리가 더는 이어지지 않았다. 유림은 말소리가 다시 들리기를 기다렸다가 눈을 감았다. 노인들이 어떤 꿈을 꾸는지 유림은 알고 싶었다.

유림은 잠이 들었다.

유림이 잠든 밤사이 비가 내렸다.

다음 날 유림은 알루미늄으로 된 교정기구를 짚고 집 근처에 있는 개인 병원에 갔다. 평일이었고, 이른 아침이어서 병원에는 환자가 적었다. 유림은 의사에게 정강이와 발을 보여주고 방사선실에 들어가 엑스레이를 찍었다. "별로 문제가 없지 않나요." 진료실로 돌아온 유림이 물었다. "문제가 있는 것 같은데요." 의사가 대답했다. 유림은 의사에게 현재 상태에 대한 설명을 듣고 물리치료를 받은 뒤 돈을 지불하고 병원을 나왔다. 발가락뼈는 크게 부러졌으나 발등과 정강이 뼈는 생각보다 크게 부러지지 않았고, 부러진 발가락뼈가 영영 붙지 않는 것보다 휘어져 붙는 것이 더 곤란하기 때문에 이틀에 한 번은 병원에 나와야 한다고 했다. "그리고 오래 걷지 말고요." 유림은 의사가 당부한 것들을 상기하며 엘리베이터에 올라탔다. 그런데 이상하네. 유림은 생각했다. 정강이에서 피가 가장 많이 났는데 말이야.

유림은 처방전을 들고 병원 건물에 있는 약국에 들어갔다. 병원과는 달리 약국에는 환자가 많았다. 유림은 직원에게 처방전을 내고 조제된 약이 나올 때까지 기다렸다. 앉을 자리가 없어 서서 기다리는 동안 약국에 있는 TV를 보다가, 가까이에 있는 영양제를 들었다가 놓았다가 했다. 그러다 전부 싫증이 나서 바깥을 보았다. 커다란 통창으로 된 약국이었기에 가려지는 곳 없이 바깥의 풍경이 넓게 보였다. 모든 것이 너무 잘 보였다. 유림은 금방 시선을 거두고 다시 영양제를 들었다가 놓았다가 했다.

"그거 사실 거 아니면 만지지 마세요."

유림의 약을 들고 나온 약사가 말했다.

유림은 포장된 약을 받고, 아침저녁 하루 두 번이라는 설명을 듣고 약국을 나왔다. 밤사이 비가 내렸는데도 여전히 날이 무더웠다. 마른 체구의 관리인이 건물 앞에서 고무호스를 들고 물을 뿌렸다. 유림은 관리인이 뿌리는 물줄기에 가까이 다가가며 걸었다. "시원하다." 관리인은 유림의 다리를 보고 물줄기를 반대편으로 돌렸다. 유림은 관리인과 물줄기를 지나쳐 걸었다. 걷다가 잠깐 멈추어 섰다.

약국에서 훔친 영양제를 뜯어 한 알을 입에 넣었다. 달고 짠맛이 났다. 아연은 이런 맛이구나. 유림은 다치지 않은 오른발에 무게를 싣고 그 자리에 서서 자신을 앞질러 걸어가는 사람들을 보았다. 아침 버스를 타는 사람들, 가방을 메고 걷는 사람들, 횡단보도, 건널목, 목덜미, 초코바 포장지. 유림은 사람들의 뒷모습을 지켜보다가 집이 있는 방향으로 고개를 돌렸다. 얼마만큼 더 걸어야 하나. 유림은 자신이 걸어가야 할 거리를 가늠해보았다.

"잘 모르겠다."

유림은 다시 걸었다.

유림은 집으로 돌아와 말없이 벽을 보고 있다가 휴대폰 알림을 확인하고 학교 온라인 사이트에 올라온 교양 강의를 들었다. 졸업을 앞둔 유림은 노트에 필기하며 열심히 강의를 들었다. 한 과목에라도 낙제하게 된다면 필수 학점이 모자라 졸업을 할 수 없었다. 유림은 졸업을 하고 싶었다. 졸업하기. 그냥 있기. 유림은 일기장에 매일 규칙적으로 같은 문장을 적었다. "14주 차 강의는 교육 공간 사례 조사 연구 발표 및 토론으로 구성됩니다. 수강생분들께서 연구하셔야 할 교육 공간은 공원입니다. 공원이라는 특정 공간에서 어떤 교육이 이루어지는지, 다음 주 자정까지 발표

동영상을 과제란에 올려주시면 제가 다시 온라인 강의란에 올리겠습니다." 유림은 강의 말미에 이어지는 공지 사항을 듣고 달력에 과제 마감일을 표기해두었다. 공원 가기. 과제하기. 유림은 가방에 과자와 약을 챙겨 넣고 다시 현관을 나섰다.

평소에도 유림은 공원에서 자주 시간을 보냈다. 공원이 집과 가까운 장소에 있기도 했고 공원 안 강가에 이따금 나타나는 목이 긴 새를 구경하는 노인들을 구경하는 것이 좋아서였다. 유림은 공원 벤치에 앉아 눈에 보이는 것들을 보고 귀에 들리는 것들을 들었다. 해가 질 때쯤이면 벤치에서 일어나 산책을 하다가 공원이 끝나는 자리가 보고 싶어 그곳까지 오래 걷기도 했다. 유림이 생각하기에 자신에게 주어진 시간은 많았고, 시간을 내버려두기만 한다면 아주 오래 살 수도 있을 것 같았다. 정말 그래. 유림은 벤치 등받이에 등을 기대고 맑게 갠 하늘을 올려다보았다. 바람이 불자 땀에 젖은 얼굴이 따끔거렸다. 발이 뜨거웠다. 유림은 얼굴을 찡그리고 챙겨 온 과자와 약을 먹었다. 물 없이도 약을 잘 삼켰다. 유림은 과자 봉지를 배 모양으로 접어 빗물이 고인 곳에 버리고 약 봉투에 적힌 글씨를 따라 읽었다. "소염진통제. 염증을 완화시키고 통증을 해소. 근이완제. 근육의 경직성을 풀어주고 근경련을 감소. 위염 치료제. 위 점막을 보호하고 손상된 점막 조직의 재생을 촉진……" 유림은 위염 치료제가 처방된 이유를 잘 알 수 없어 고개를 갸웃거렸다. 다른 약들이 위를 아프게 하나 봐.

유림은 약 봉투를 내려놓았다. 멀리서 종소리가 울렸다. 유림은 그것이 홍제동성당의 종소리라는 것을 알았다. 홍제동성당의 종소리, 내리는 은총, 아이들의 노랫소리. 유림은 나무 그늘 아래에 있는 사람들을 보았다. 그늘 아래에 있는데도 손차양을 한 여자가 유림이 있는 곳을 돌아보며 앉을 자리를 찾고 있었다. 여러 명의 아이를 데리고 있는 것으로 보아 보모나 선생님일 것이었다. 여기로 오려나. 유림은 생각했다. 여기는 햇볕이 너무 뜨거운데.

여자와 아이들은 유림이 있는 곳으로 오지 않았다. 유림은 휴대폰에서 점장의 연락처를 찾아 문자를 보냈다. 몸의 일부가 조금 부서졌고 상태가 그렇게 간단하지는 않아 일을 그만두게 되었으니 시간이 될 때 전화를 달라는 내용이었다. 유림은 자신이 보낸 문자를 다시 한번 읽으며 월세와 관리비 생각을 조금 했다. 그때 한 아이가 유림에게 다가와 그 앞에 조용히 토를 했고, 유림은 생각을 멈추고 아이가 토하는 모습을 보았다. 구부러진 아이의 몸이 구역질을 할 때마다 휘청거렸다. 유림은 아이의 등을 두드려주지는 않았고 앉은 자리에서 일어나 아이가 넘어지지 않게 가까이 붙어 서 있기만 했다. 토를 다 한 아이가 유림의 허리에 머리를 대고 등을 폈다. 뒤이어 달려온 여자가 몸을 숙여 아이를 들여다보았다. "너 또 왜 그래?" 여자가 물었다. 아이는 대답 없이 서서 여자를 보았다. "선생님이 물어보면 대답을 해야지. 몰라?"

"알아요."

아이가 대답했다.

이렇게 다 같이 밖에 나오면 서로 지켜야 할 약속이 있잖아. 몰라? 알아요. 지켜야 할 약속이 뭐야. 질서를 어기지 않고 선생님 말씀을 잘 듣는 거예요. 그런데 왜 그래? 내가 뭘요? 왜 질서를 어기고 선생님 말을 안 들어? 친구들은 왜 자꾸 때려, 뭐가 문제야? 문제없어요. 친구가 없는데 어떻게 친구를 때려요. 없는 걸 어떻게 때려요? 어제는 낮잠 시간에 혼자 일어나서 울고. 친구들 다 깨우고. 대체 뭐가 문제야? 문제가 있는 거잖아.

"문제 같은 거 없어요."

고개를 숙이고 땅에 가벼운 발길질을 하고 있는 아이는 잘 웃지도 울지도 않을 듯한 얼굴이었다.

그러지 말고, 유림이 중얼거렸다.

"그러지 말고……"

아이가 유림을 보았다.

유림은 말을 잇지 않고 입을 다물었다.

아이는 이제 발길질을 멈추고 한쪽으로 고개를 기울여 허공을 보았다.

유림은 공원을 벗어나 집까지 걸었다. "대체 뭐가 문제야?" 집까지 걷는 동안 유림은 아버지의 목소리를 떠올렸다. 그 목소리는 여자의 목소리와 전혀 닮아 있지 않았는데 유림은 닮아 있다고 생각했다. 유림은 처음 자살에 실패하고 아버지에게 그 말을 들었을 때 정말로 무엇이 문제인지 한번 생각해보기도 했었다. 유림은 다시 스스로에게 물었다. 대체 뭐가 문제야.

"뭐가 자꾸 안 되는 거야?"

유림은 그것에 대해 생각하다가 말았다.

유림은 고르지 못한 자신의 걸음걸이가 갑자기 마음에 들지 않았다. 유림의 얼굴이 피로해졌다. "그러니까 재료가 피투성이가 되는 바람에 어, 잠깐 있어봐…… 야…… 야, 다리 병신아." 다리를 절면서 걷고 있는 유림을 발견한 무리가 유림을 불렀다. 유림은 뒤돌아보지 않았다. "너 부른 거 맞아. 여기 좀 봐봐. 할 말이 있어." 유림의 발치에 마개가 열린 병이 굴러왔다. 가까이서 들리던 웃음소리가 점점 멀어졌다.

무서워하는 것이 없는 웃음소리다. 유림은 생각했다. 아니면 너무 무서워서, 웃는 것 말고는 별달리 할 수 있는 게 없는 거지 내가 왜 병신이야…… 유림은 단지 내 편의점 앞에서 납작하게 엎드려 자는 남자를 밟을 뻔하여 걸음을 멈추었다. 유림은 남자를 내려다보았다. 머리를 짧게 깎은 남자의 뒤통수는 햇볕에 덴 듯 군데군데 붉었다. 반팔을 입은 남자의 등 위로 바람에 기울어진 나뭇잎의 그림자가 어른거렸다. 버려진 신문들, 당구공, 진정제, 흘린 사과주스 냄새. 남자는 잠결에 혼잣말을 했다. "알아들었어. 나는 다 알아들었어." 유림은 그것을 들었다. 유림은 고개를 들어 건물 외벽에 있는 시계를 보고 시간을 확인했다. 당연하게도 밤이 오려면 아직 시간이 한참 남아 있었다. "알아들었어. 나는 다 알아들었어." 유림은 잠든 남자를 지나쳐 온몸에 쏟아지는 햇빛을 피하지 않고 계속 걸었다. 날씨가 이렇게 뜨겁고, 이렇게나 해가 오래 떠 있는데 어째서 어떤 사람들의 마음은 온통 어둠이기만 한 것인지 유림은 알 수가 없었다.

영 원　　없 이

정부영은 열이 끓어서 5분에 한 번씩 잠에서 깼다. 눈을 뜨면 한쪽 벽에 기대 세워놓은 다리미판과 주전자에 담긴 초록 물, 책상 고리가 보였고 눈을 감으면 다시금 꿈도 없는 잠에 빠졌다. "꿈이 아예 없지는 않았어. 눈을 뜨면 악몽을 꾼 것 같은 기분은 남아 있는데, 어떤 악몽이었는지는 전혀 기억에 남아 있지 않아 꿈을 꾸었다는 말을 할 수가 없을 뿐이지." 정부영은 침대에서 몸을 일으켰다. 팔다리가 열에 녹아 온통 곤죽이 된 것 같았다. "너무 덥다." 정부영은 창문을 열지 않고 고개를 돌려 바깥을 내다보았다. 창밖에 보이는 사람들은 전부 겨울옷을 입고 있었다. 프록코트. 청바지. 귀덮개가 달린 털모자. 뺨에 부스럼이 난 아이들. 개의 도약대. 미지근한 물에 풀어놓은 소금 입자들처럼 그들은 어느 정도 흐리게, 천천히 움직이고 있었는데

"정말 그런가?" 거리가 멀어 다만 그렇게 보이는 것이었다. 12월의 한 일요일 아침이었다. 정부영은 얼굴에 비스듬히 내리쬐는 햇빛에 눈을 감았다. 눈꺼풀이 얇아서 눈을 감아도 시야가 완전히 어두워지지는 않았다. "햇빛을 견디지 못해 탈색된 사람들이 있다고 들었는데. 아주 오래전에." 그 이야기를 들려준 사람은 정부영의 어머니였다. 정부영의 어머니는 정부영이 중학교에 입학하던 해에 자살했다. "너무 오래전에." 정부영은 새하얗게 바랜 창백하고 조용한 사람들을 한번 떠올려보려다가 말았다. 한 번도 만나본 적 없는 사람들이었다. "그런 사람들은 이미 다 죽어버려서 만날 수가 없었지."

정부영은 세수를 하고 냉장고에서 포도 한 송이를 꺼내 먹었다. 부은 목에 껍질을 벗긴 차가운 포도알이 닿을 때마다 열이 내리는 것 같아 기분이 좋았다. 턱 아래로 단물이 뚝뚝 떨어졌다. 정부영은 단물이 떨어지게 내버려두고 접시를 가져와 씨앗을 뱉었다. 포도 껍질의 개수와 씨앗의 개수가 생각한 것만큼 정확하게 맞지는 않았다. 목에서 신물이 올라왔다. 손바닥으로 아무렇게나 얼굴을 문질렀다. 어지러웠다. 토를 했다. 토를 닦았다. 창문을 열었다. 바람이 불었다. 바람에서 아직 덜 언 얼음 냄새가 났다. 겨울에 들어선 지 꽤 오랜 시간이 지났는데도 눈 소식이라곤 없는 날들이었다. "졸리다." 정부영은 바닥을 딛고 서 있는 자신의 두 발을 내려다보았다. 발목까지 쌓여 있는 흰 눈을 밟고 싶다는 생각을 했다. 사이사이 얼어붙은 흰 눈을 밟고 서서, 아무런 행동도 하지 않고 가만히 그러나 완전히 사라진 것은 아닌 모습으로 남고 싶었다. 언젠가 누군가 그를 기억하게 된다면 발목이 잘린 남자였던 것 같아요,라고 이야기할 수도 있을 모습으로.

　작은 눈송이. 눈이 펑펑 내리는 밤거리. 홀로 걷는 늙은 광인. 그런 것들은 다시 보지 않고도 얼마든지 떠올릴 수 있었다. 정부영은 그것들을 차례대로 떠올려보았다. "아스팔트 도로 위로 얕은 눈발이 흩날리고 있었다." 그 풍경에는 언제나 도로의 가장자리를 따라 걷고 있는 한 여자가 있었다. 잔가지에 가득 걸린 눈송이들, 차게 언 열매들, 마른 잎을 태우는 냄새와 물웅덩이, 입김을 내뱉는 소리. 기억 속에서 아이의 얼굴을 한 정부영은 나이 든 여자의 뒤를 따라 걷고 있었다. 여자는 정부영이 자신을 잘 따라오고 있는지 확인하기 위해 몇 번이고 뒤를 돌아보았다. 그때마다 정부영은 어김없이 여자의 등 뒤에 있었다. 이따금 커다란 화물차가 가까이 지나갈 때면 정부영은 귀를 막았다. 정부영이 양손으로 귀를 막고 멈춰 서 있으면 여자가 다가와 귀를 문질러주었다. "좋겠다. 너는 좋겠다. 우아, 귀가 아파? 귀가 아파? 너는 좋겠다." 여자는 웃었다. 상한 곡물처럼 까맣게 변색된 여자의 치아가 가로등 불빛을 반사해 반짝였다. "엄마, 너무 크게 웃지는 마요. 이가 까매요." 여자는 그 말을 듣고도 웃었다. 여자는, 자신은 아무리 커다란 화물차가 곁을 지나가더라도 귀가 아프지 않다고, 아프지도 멍해지지도 않고 다만 화물차가 지나가는구나, 앞질러 지나가는구나, 생각하고만 있을 뿐이지 겁나는 것은 하나도 없다고 말했는데 "그 목소리가 듣기에 좋았다". 그러고는 "뻐기지 마, 뻐기지 마" 하고 스스로에게 갑자기 으름장을 놓았다.

"그건 병에 걸린 건가요?"

정부영이 물었다.

"그래, 무리야. 이번에는 진짜야. 병에 걸려서 넘어졌어. 나도 다 알아."

여자가 대답했다.

"바깥에서 나는 소리는 하나도 들리지 않는다고 했었지. 자기 자신에게서 나는 소리 말고는 더 이상 아무것도 들을 수 없게 되었다고." 정부영은 꽤 오랫동안 이와 같은 장면에 머물러 있곤 했다. 같은 장면. 같은 말. 예고도 없이 불쑥 머릿속을 침범해서 현재를 와해시키는 오래된 기억들. 정부영은 그것들을 그대로 두었다. 기억들이 자꾸 떠오르면 그 기억들 안에서 한동안 자꾸 머무르면 되었다. "그다지 해는 안 될 거야." 문제 될 것은 아무것도 없다고 정부영은 생각했다.

정부영은 해열제와 영양제를 챙겨 먹고 소파에 앉아 라디오를 켰다. 라디오의 시간 설정이 제대로 되어 있지 않은 탓인지 주파수와는 관계없이 여러 전파가 뒤엉켜 송신되었다. 범위 초과. 기상청은 대선 후보자의 가족 증인이 가까이 오면…… 바람을 맞는 면적에 비례하여 피해가 커질 수 있으므로 나는 선물로 받은 수련잎을 손에 들고 걸었습니다 가을에 구우면 맛이 좋고 감염에 약한 시설물들은 사전 조치가 필수라고 당부했으며 앞으로 후쿠시마…… 지역의 거주자들은 대상이 결국 살아 있었던 것인지 역사에 기록되기 때문에 당국 시위대가 송환법 철회를 거부하고 신난다, 자고 싶다, 너희는 그렇게 두들겨 패도 말을 좀 해봐라 어쩜 그렇게 아무도 안 죽어…… 정부영은 어느새 하나의 혼합물이 되어버린 세계와 사회의 상황들을, 여러 겹으로 겹쳐져 분명 잊힐 것이고 이미 잊히고 있는 현재의 움직임과 방향성을 비현실적이라고 생각하지 않았고 자신과 무관하다고 여기지도 않았으며 과거와 미래의 경계에 있는 모든 것이 서서히 모조리 잊히되 어떠한 것도 완전히 파멸되지는 않는 모순 속에서 내내 일정한 상태가 지속될 것이라는 입장과 태도를 가지고 있었으므로 앰프를 통과해 증폭된 소음들을 가만히 듣고만 있었다. "신난다, 자고 싶다." 정말로 가만히 듣고만 있었다. "그럼 내가 뭘 해." 정부영이 물었다. 대답을 들으려는 것은 아니었다. 누구도 정부영에게 무언가를 하라고 강요하지 않았다. 영속성. "연속성?" 정부영은 그것을 잘 알았다.

 "내가 뭘 할 수 있지?" 정부영은 잠깐 골똘해졌다.

 자유롭게 처분할 수 있는 남자L'homme disponible. 정부영은 언젠가 책에서 그런 문장을 읽은 적이 있었다. 대학에서 문학을 전공할 때 읽었을 거라고 짐작했으나 확실한 것은 아니었다. 정부영은 대학을 졸업하고 나서도 얼마간 책을 읽었다. "맞아. 내가 책을 읽었다." 그러나 정부영의 방에는 이제 책이 단 한 권도 남아 있지 않았다. 지난주에 정부영은 책장에 꽂혀 있던 책들과 장롱에 개어두었던 몇 벌의 옷을 전부 상자에 정리해서 버렸다. 무게가 많이 나가는 가구들과 벽시계, 도기 장식물은 폐기물 스티커를 일일이 붙여 경비실 앞에 내다 버렸는데, 훼손되지 않은 물건들은 폐기 처리를 하지 않고 재활용을 위해 업체에서 따로 수거해 간다는 경비원의 말에 가구들과 벽시계와 도기 장식물을 조금씩 다 훼손해서 버려야만 했다. "그럴 필요까지는 없었는데." 정부영은 무언가에 병적으로 골몰하는 일이 삶의 유일한 수단이라도 되는 것처럼 굴었다. 대학에서 문학을 공부할 때도 그랬다. "그럴 필요까지는 없었는데……" 정부영은 감겨오는 두 눈을 문지르며 혼자 살기에는 너무 넓은 집 안을 혼자 서성거렸다. 벽지에 남은 액자 자국을 손바닥으로 쓸어내자 가벼운 먼지가 일었다. 몇 년 전까지만 해도 정부영은 이 집에서 가족들과 함께 살았다. "가족들?" 몇 년 전까지만 해도 정부영은 이 집에서 아버지와 새어머니와 여동생과 함께 살았다. "다른 가족들과 함께 살지는 않았지." 정부영이 생각하기에 정부영은 가족이라고 불러야 하는 사람들이 너무 많았다. "가족이 많으면 생일 케이크를 자주 먹을 수 있어서 좋았어." 정부영은 케이크를 좋아하지 않았다. "거짓말은 아니야." 정부영의 아버지와 새어머니와 여동생은 정부영이 자살에 실패한 이후로 집이라는 공간 자체와 공간의 냄새와 소음과 정신적 불균형에 대해, 그러한 것에 대해 얼마간 즐겁게 이야기해보고자 하는 이웃들에 대해 모조리 질려버렸다는 말을 남기고는 각자 일하는 곳과 가까운 지역에 새로운 집을 얻어 하나둘 떠났는데, 정부영은 그때마다 외출하지 않고 집에 남아 그들이 하나둘 떠나는 모습을 지켜보았다. "조금 이상해서." 정부영은 웃었다. "나는 안 질렸거든."

"그만 나가야지." 정부영이 말했다.

정부영은 집에서 입고 있던 옷을 그대로 입고 나와 공원을 한 바퀴 돌았다. 공원을 한 바퀴 도는 동안 차가운 바람에 이마와 등에 오른 열이 잠깐 식었다. 식은땀이 났다. 감기에 걸릴 것 같았다. 심장이 빠르게 뛰었다. 너무 빠르게 뛰었는데, 정부영은 심장이 아무리 빠르게 뛰어도 결코 죽지는 않는다는 것을 배워서 알고 있었다. 그것은 정부영의 담당의가 가르쳐준 것이었다. "의사는 공부를 많이 했어." 정부영은 벤치에 앉아 숨을 고르며 지나가는 사람들을 구경했다. "사람들이 지나간다." 바퀴가 달린 의자를 앞으로 밀며 걸어가던 노부부가 정부영을 흘끗 보았다. 정부영은 자신이 노부부에게 위협이 된 것도 같아 금방 눈을 돌렸다. 머리 위로 전철이 지나갔다. "전철이 지나간다." 정부영은 두 손을 아래로 펼치고 주먹을 쥐었다가 펴보았다. "손이 두 개 있어." 정부영이 중얼거렸다. "발도 두 개 있고."

정부영이 제자리에서 발을 굴렀다. "두 발이 있으면 두 발로 설 수 있지." 정부영이 벤치에서 일어나 두 발로 섰다. 그러고는 다시 앉았다.

정부영은 근래에 있었던 일을 떠올리는 것에 점점 어려움을 느꼈으나 오래전 아동 병동에서 배운 것들은 좀처럼 잊지 않고 지냈다. 푸른빛이 돌 정도로 새하얀 벽과 그 벽에 남지 않을 지문을 묻히며 돌아다니던 너무 시끄럽거나 너무 조용한 아이들. "친구들." 공기 중에 어렴풋하게 번져 있던 불소 냄새와 방향제 냄새. 고장 난 턴테이블. 정부영이 병동에서 처음 배운 단어는 '컵'과 '의자'였다. "컵과 의자, 제방과 바다, 우편물, 맥박 소리." 정부영은 머릿속에서 다시금 떠오르는 목소리를 떠오르는 대로 두었다. 한 번더 해보자. 이것은 컵, 너는 컵을 쥐고 있다. 너는 이 컵을 놓을 수도 있고 물을 담아 마실 수도 있다. 알겠지? 이것은 의자, 너는 의자에 앉아 있다. 의자에서 일어나면 너는 두 발을 딛고 바르게 설 수 있다…… 잘했어, 의자가 뒤로 넘어가더라도 네가 다시 의자를 일으켜 세울 수 있는 거야. 알겠지? 정부영은 알겠지, 알겠지, 하고 목소리가 되물을 때마다 마치 태엽 기계처럼 고개를 끄덕였다. "그런데 나는 잘 모르겠어." 그때 정부영의 곁에 누군가 다가와 앉았다. "차가워. 춥지 않아?" 정부영은 고개를 들지도 대꾸를 하지도 않았다. "나는 추운데. 엉덩이가 차가워." 정부영의 옆에 앉은 사람은 그의 친구인 유성우였다. "어, 성우구나." 정부영은 고개를 들어 유성우를 보았다. "네가 보여서 왔어." 유성우가 말했다. "아까부터 여기 앉아 있었어." 정부영이 말했다. "그래, 네가 보여서 왔어." 두 사람은 얼마간 말이 없었다. 정오에 가까워져 해가 완전하게 떠 있는데도 하늘이 잔뜩 흐렸다. "저기 봐. 공놀이를 하고 있다." 유성우가 먼저 입을 열었다. 유성우가 보고 있는 것을 정부영도 보았다. 뒷머리를 짧게 올려 깎은 남자아이 셋이 모여 공놀이를 하고 있었다. 번갈아 공을 차다가도 유독 한 아이에게만 공이 넘어가면 두 아이가 움직임을 멈추었다. 가만히 멈춰 선 두 아이가 있는 쪽으로 한 아이가 다시 공을 넘기면, 아까처럼 공놀이가 이어졌다. 고무공을 차는 소리. 바람에 한기가 흩어지는 소리. 아이들의 웃음소리. 누군가 알아서 한 발 뒤로 물러나는 소리. "쟤한테만 공이 가면 모른 척한다. 너도 봤지." 유성우가 물었다. "나도 봤어." 정부영이 대답했다. "아주 개새끼들이다."

"내가 도와줄 수는 없겠지." 유성우가 물었다.

"도와줄 수 없어." 정부영이 대답했다.

점심시간이 다 되어 정부영과 유성우는 공원 근처에 있
는 일식당에 들어가 우동을 먹었다. "가지덮밥보다 유부우
동이 더 맛있어. 유부우동을 주문해야 돼." 정부영은 유성
우가 점심을 같이 먹자고 고집을 부려 마지못해 먹기로 한
것이었는데, 막상 먹기 시작하니 열에 익은 뭉근한 유부
주머니가 씹기에도 좋았고 삼키기에도 좋았다. 정부영은
우동을 남김없이 먹고 식초에 절인 양배추를 먹었다. 유성
우는 우동을 조금 남기고 따뜻한 매실차를 마셨다. "맛있
었지." 유성우가 물었다. "맛있었어." 정부영이 고개를 끄
덕였다. "어제는 왜 일 안 나왔어?" 유성우가 물었다. "청소
를 좀 했어. 내일은 가. 스티커 사느라 돈이 다 떨어졌다."

"그럼 이제 청소를 다 한 거지?"

유성우가 물었다.

"아니, 아직. 한 개가 남았어."

정부영이 대답했다.

정부영과 유성우는 같은 지역에서 자라 같은 고등학교
를 졸업한 사이였다. 두 사람은 졸업하고 나서도 종종 연
락을 주고받다가 반년 전부터 도시 외곽에 있는 한 공병
공장에서 함께 일하게 되었는데, 일부러 그런 것은 아니었
고 제대를 한 유성우가 먼저 공병 공장에서 일을 한다기에

정부영이 대학을 졸업하고 나서 뒤따라 일을 구한 것이었다. 공장은 하루 혹은 반나절 만에 일을 그만두거나 그만둔다는 말도 없이 사라지는 사람들이 많아 통근 버스를 타고 공장에 찾아가 장부에 이름과 출근 시간을 우기듯이 적어 넣으면 일을 할 수 있었다. 그렇게 하면 일당을 받을 수 있었다. 정부영은 마스크를 끼고 위로 길게 이어지는 컨베이어 라인 앞에 서서 다시 쓸 수 있는 병과 다시 쓸 수 없는 병을 분류하는 일을 했고 일을 잘했다. 유성우는 정부영과 정부영의 동료들이 라인 앞에 서서 분류하게 될 공병들을 박스째로 쌓아 라인에 올리는 일을 했다. 유성우는 지게차를 운전할 줄 알았고, 지게차를 운전하는 인부는 일당을 더 많이 받았다. "그러니까 아이스크림은 네가 사면 된다." 유성우는 정부영이 고른 콘 아이스크림을 두 개 사서 정부영에게 한 개를 주었다. 두 사람은 편의점 앞에 서서 아이스크림을 먹었다. "머리가 뜨겁다." 정부영이 말했다. "너는 맨날 그래. 이렇게 추운데." 정부영과 유성우는 아이스크림을 먹다 말고 금방 손을 흔들며 헤어졌다. "형이 너 연락을 좀 하라고…… 많이는 아니어도." 유성우의 말에 정부영은 알겠다고 대답했다. "알겠어."

그러고 보니까, 하고 정부영은 생각했다. 정부영은 방금

까지 자신이 그것에 대해 까맣게 잊고 있었다는 사실이 조
금 몰염치하게도 느껴졌다. "정말로?" 정말로. 정부영은 유
성우의 형인 유원우에게 빚을 진 적이 있었다. 다량의 수
면제를 모아 단번에 삼킨 날이었다. "아주 길게 잘 수 있을
줄 알았지." 알약이 많아 헛구역질을 여러 번 한 탓인지 정
부영은 죽지 못했다. 정부영은 실패를 했다. 눈을 떴을 때
정부영은 자신의 곁에 서서 자신을 내려다보고 있는 유원
우를 보았다. 정부영은 유원우를 처음 보았고 그것은 유원
우도 마찬가지였다. "조금 늙은 성우 같았어." 피로한 기색
으로 응급실 안을 돌아다니던 유원우는 정부영이 누워 있
는 쪽으로 금방 되돌아왔다. "45만 원." 유원우가 말했다.
"갚으러 와." 유원우는 입고 있던 남방 주머니에 지갑을 넣
고 응급실을 벗어났다. 뒤이어 커튼 너머에서 의사가 정부
영의 위를 헹구라고 말하는 소리가 들렸다. 정부영은 그것
을 들었다. "시간이 얼마 안 됐으니까 우선 헹구면 돼요. 헹
궈도 이게 다 엉망이에요, 엉망." 정부영은 자신이 엉망이
라는 생각까지는 할 수 없었다. 생각이라는 것을 하기에는
온몸에 불이 밴 듯 아팠다. 누군가 성큼성큼 몸속으로 들
어와 제멋대로 성냥을 긋고 있는 것 같았다. 의사가 자리
를 떠나고 나서 간호사는 정부영의 몸을 한쪽으로 돌려 눕
히고 식도에 고무 냄새가 나는 관을 밀어 넣었다. 정부영

의 상태가 약물중독으로 이어지지 않도록 난백 즙과 마그네슘을 투여한 것이었다. "그것들 값도 있어." 정부영이 돈을 갚기 위해 유원우가 일하는 가판대 서점으로 찾아갔을 때 유원우는 고무관과 난백 즙 그리고 마그네슘의 값을 말해주었다. 난백 즙과 마그네슘. 정부영은 난백 즙과 마그네슘의 맛이 기억나지 않았다. "곧바로 식도로 내려보내는 거라 맛은 모를 수밖에 없을걸. 우유 맛이 난다고 해." 유원우가 말했다. 유원우는 정부영에게서 등을 돌리고 가판대에 놓인 책들을 정리하다가 돈을 다 갚고도 되돌아가지 않는 정부영을 돌아보았다. "또 와. 네가 오고 싶으면 와." 정부영은 그 뒤로 유원우를 보기 위해 서점 앞을 자주 지나갔다. 정부영과 유원우는 같이 있으면 주로 날씨 이야기를 하거나 책에 쌓인 먼지를 닦거나 유원우의 아이들이 먹다 남긴 마카로니 과자를 나누어 먹었고 정부영은 그것이 좋았다. 그것이 좋아서 다시는 찾아가지 않게 되었다. 정부영은 너무 오래 죽고 싶었기 때문에, 조금씩 살고 싶어지는 자신을 어떻게 다루어야 하는지 알 수가 없었다. "그런 것은 알 수 없지." 정부영은 유원우에게 전화를 걸지 않고 집까지 걸었다. 큰길을 향해 심긴 나무들. 욕조 가게. 니켈 간판. 세탁소 오토바이. 사람을 졸리게 하는 발소리. 노인들이 꾸는 꿈. "졸리다." 정부영은 횡단보도를 건너는 사람들 틈에 섞여 함께 횡단보도를 건넜다. 그러고는 다시 돌아서서, 같은 횡단보도의 신호를 또다시 기다렸다. 또다시 신호가 바뀌었다. 또다시 경보음이 울렸다. 정부영은 더는 건너지 않고 서 있었다. 사람을 졸리게 하는 발소리. 노인들이 꾸는 꿈. "졸리다." 정부영은 끊어지지 않고 이어지는 사람들의 발소리를 들었다. 그것은 좋지도 싫지도 않았다.

다음 날 정부영은 아침 일찍 통근 버스를 타고 공장에 출근했다. 장부에 이름과 출근 시간을 나란히 적고 말없이 일했다. 유성우는 정부영보다 늦게 출근해 노란 지게차에 앉아 있었다. 바지 밑단에 오물이 묻었는지 조금 울상이었다. 정부영은 멀리서 유성우의 바지 밑단을 바라보다가 공병 몇 개를 분류하지 못하고 그대로 올려 보냈다. "똑바로 해." 곧바로 위에서 목소리가 들렸다. 정부영은 일에 집중했다. 오늘따라 담뱃재가 가득 들어 있는 공병이 많았다. 대부분 술집이나 식당에서 들어온 공병들이었다. 업소에서 사용되고 들어온 공병에는 이물질이나 오물 들이 들어 있는 경우가 많았다. 담배꽁초와 담뱃재, 가래, 일부러 잘게 자른 영수증 종이나 먹다 남은 우엉조림, 장구벌레 같은 것들이었다. 그런 것들이 들어 있는 공병은 다시 사용할 수 없었다. 재사용도 재활용도 안 되는 빈 병은 컨베이어 라인 뒤쪽으로 나 있는 제2공장에서 차례대로 박살이 났다. 정부영과 유성우 그리고 공장 동료들은 일하는 내내 그 소리를 들었다. 분명히 단단한 유리병이 깨지는 소리인 것을 알면서도 계속 듣고 있다 보면 뭔가가 연이어 터지는 소리 같기도 했고 이미 갈린 것을 또 한 번 갈고 있는 소리 같기도, 가끔은 밤까지 내리는 어두운 빗소리 같기도 했다. "그렇지 않나요?" 정부영이 배달된 점심 도시락을 먹다가 몇몇 동료에게 그것을 물었을 때, 동료들은 고개를 갸웃거리거나 인상을 쓰며 정부영을 빤히 보았다. "아니, 잘 모르겠는데. 그것보다 그런 생각을 안 해."

탕비실에는 아무도 없었다. 오후 작업을 시작할 시간에 가까웠다. 정부영은 개수대에서 손을 씻고 유리 선반에 남은 물 얼룩을 문질러 닦았다. 몸 상태가 좋지 않았다. 감기에 걸린 것도 같았고 어쩌면 평소와 같은 몸 상태일 뿐인데 그것을 더는 견디기 싫은 것도 같았다. 정부영은 동료들에게 양해를 구하고 잠깐 쉬기로 했다. "그러게 잠을 좀 자." 유성우가 들어와 작업복 외투를 털며 말했다. 유성우의 작업복에서 냄새가 났다. 여기저기에서 엉겨 붙은 오물들 냄새였다. "성우야, 냄새가 난다." 정부영이 말했다. "자꾸 냄새가 나." 유성우가 정부영을 돌아보았다. "그런 말을 뭐 하러 해? 너한테서도 냄새가 나. 여기는 다 그래." 오후 작업을 알리는 사이렌이 울렸다. 유성우는 오후 작업을 하러 나갔다. 정부영은 벽에 등을 기대고 바닥에 아무렇게나 놓인 플라스틱 박스를 주워 그 위에 앉았다. "맞아. 그런 말을 뭐 하러 해? 여기는 다 그래." 그러고는 눈을 감았다. 잠든 것은 아니었다. 곧이어 문이 열리는 소리가 들렸다. "뭐야, 자네가 왜 여기에 있지?" 눈을 뜨자 소장이 보였다. 이마가 넓고 눈이 물고기처럼 툭 튀어나온, 어쩐지 겁이 많고 주변을 경계하는 듯한 인상의 남자였다. "안녕하세요." 정부영이 인사했다. "그래. 오랜만이야. 근데 자네가 왜 이 시간에 여기 있는 거냐고?" 소장이 다시 물었다. "잠깐 쉬고 싶어서요. 다른 사람들한테 허락을 받았어요." "내 허락은?" "쉬게 해주세요." "그래, 쉬어." 소장은 정부영에게서 눈을 떼지 않고 탕비실 안을 돌아다녔다. "지난주에는 무단결근. 다른 애들하고 어울리지도 않고 저 혼자서만 잘났지…… 라인이 아주 정신이 없었어. 어디에나 쓸 사람은 있고, 그래, 뭐 하려고? 그만 쉬어." 소장은 정부영이 대학을 졸업하고도 공장에서 일하는 것을 늘 못마땅하게 여겼다. "이게 쉽다고 생각하지는 말아야지." 소장은 종종 그와 같은 말을 되풀이했는데, 아직 말버릇이 된 것은 아니었고 하나의 말버릇으로 만들려는 과정으로 보였다. 소장이

처음으로 쉬라는 말을 한 것이었으므로 정부영은 조금 의
아해져서 소장을 올려다보았다. "뭘 그렇게 봐. 대학 나온
애들은 이래서 다루기 어려워." 정부영은 고개를 끄덕이
며 자리에서 일어났다. "오전 일당은 주세요. 일을 했어요."
소장은 장부를 확인하고 종이봉투에 오전 일당을 챙겨주
었다. "그런데 왜 일을 했지?" 소장이 물었다. "잘 모르겠
어요." 정부영이 대답했다. "저는 다루기가 어렵지 않아서
요." 정부영은 작업복 외투를 벗어 옷걸이에 걸어두고 탕
비실을 나왔다. 끓고 있는 가공 원액과 기계가 내뿜는 열
기 때문에 작업장의 온도가 꽤 높았다. 눈앞에 있는 사물
들의 윤곽이 여러 갈래로 흩어졌다가 다시 하나로 겹쳐져
보였다. 계단을 내려와 그곳을 가로지르는 일이 어쩐지 막
막하게 느껴졌다. "하지만 두 발이 있으면 두 발로 설 수 있
고…… 두 발로 설 수 있으면 두 발로 걸을 수도 있어." 정
부영은 두 발로 계단을 내려와 작업장을 가로질렀다. "어
디 가?" 유성우가 물었다. 지게차를 운전하고 있어 반쯤은
소리를 지르듯이 묻고 있었다. 정부영은 유성우의 목소리
를 듣고 잠깐 걸음을 멈추었다.

"잘렸어."

"그러면 집에 가?"

"응."

"같이 가자. 같은 방향이니까, 조금만 기다려."

정부영은 가만히 있었다. 유성우는 정부영의 대답을 기다렸다.

"같이 안 가. 같은 방향이 아니야, 나는."

정부영이 대답했다.

정부영은 공장 지대를 벗어나 버스 정류장까지 걸었다. 크레인 한 대와 물류 창고 들로 둘러싸인 구역을 지나자 주변이 지나치게 고요해졌다. 모든 기계 소리가 뒤로 사라졌다. 바람이 불 때마다 눈에 보이지 않는 작은 동물들이 다가와 등을 훑고 다시 멀어지는 것 같았다. 어느새 저녁이 되어 있었다. 정부영은 드물게 보이는 가로등에 눈이 얹어져 있는 풍경을 떠올려보았다. 떠올리기가 쉽지 않았다. 떠올리지 않기로 했다. 불을 밝힌 작은 노점상이 보였다. 그대로 노점상을 지나쳤다. 그런 곳에는 아무런 볼일이 없었다. 정류장에 다다른 정부영은 평소에 타는 버스를 타지 않고 다른 노선으로 가는 버스에 올라탔다. 정차한 버스가 정부영을 태우고 다시 출발했다. 정부영은 눈에 보이는 자리에 앉았다. "여기 자리 있어요." 옆자리에 먼저 앉아 있던 남자아이가 말했다. 모자를 깊게 눌러쓰고 있어 얼굴이 잘 보이지 않았다. "누구 자리인데?" 정부영이 주위를 둘러보았다. "우리 엄마 자리예요. 다음 정류장에서 탈 거예요. 곧 와요. 빨리 일어나요. 다른 데 앉아요." 정부영은 앉은 자리에서 일어나 그 앞의 버스 손잡이를 잡았다. 이어서 자꾸 졸음이 쏟아져 서 있는 채로 여러 번 졸다가 깼다. "그런데 안 올걸." 정부영이 중얼거렸다. "그게 무슨 말이에요?" 아이가 물었다. "너희 엄마 영영 안 올걸. 내가 알아." 아이가 고개를 들어 정부영과 눈을 맞추었다. 정부영이 웃었다. "그것도 몰라?"

"한번은,"

한번은 이런 꿈을 꾼 적이 있었다, 하고 정부영은 생각했다. "아닌데." 한번은 이런 꿈을 꾼 적이 있었다, 하고 정부영은 생각하지 않았다. "한번은 생각이라는 것을 해보고도 싶었지. 매일 꾸는 꿈에 대해서." 정부영은 한번 생각이라는 것을 해보고도 싶었다. 매일 꾸는 꿈에 대해서. "아닌데." 정부영은 자신이 무슨 생각을 하는지 모르고 있는 것처럼 굴었다. "그런가?" 정부영은 몸을 앞으로 숙인 채 걷고 있는 자신의 모습을 떠올려보았다. "나는 매일 계속되는 꿈이야. 그러면 어떤 것도 더는 꿈이 아니게 돼." 정부영은 매일 계속되는 꿈, 어떤 것도 더는 꿈이 아니게 되는 꿈속에 또다시 있었다. 꿈을 꾸고 있다는 것을 알고 나서도 쉽게 깨어나지 못하는 꿈이었다. "나는 한쪽 면이 새까만 책을 들고 운동장에 서 있어. 꿈속에서, 꿈에서 깨어난 얼굴로 또다시 꿈속에서 새파랗게 언 다리를 세우고 용도를 잃은 사물처럼 서 있어." 꿈속은 언제나 한낮이었고, 발등이 온통 눈에 덮여 있는데도 춥다는 느낌은 들지 않았다. 크고 작은 눈 더미, 여기저기 던져진 머리가 검은 성냥들, 제설차, 눈이 녹은 냄새. 멀지 않은 자리에서 좁은 보폭으로 달리기를 하고 있는 남자가 보였다. 남자가 달릴 때마다 열쇠를 떨어뜨리는 소리가 났다. "무릎이 닳아서 그래." 남자는 달리기를 연습하고 있었다. 그 대가가 아예 없지는 않아서, 남자는 눈에 띄게 늙어가는 자신의 몸을 빠르게 감각할 수 있는 듯했다. 남자는 눈에 띄게 노인이 되었다가, 다시 본래의 모습으로 되돌아왔다가, 또다시 눈에 띄게 노인이 되었다. "왜 이러지……" 남자가 중얼거렸다. "내가 끝나지를 않아." 남자는 운동장에 그어진 금을 밟을 때마다 뒤를 돌았다. 정부영은 남자의 얼굴에서 다른 사람의 얼굴을 보았거나 혹은 보기를 기대한 듯 자리를 떠나지 않고 남자를 지켜보았다. 운동장에 쌓인 흰 눈이 햇빛을 반사해 자꾸 눈이 부셨다.

"방금 내가 또 금을 밟았는데. 봤지." 남자가 물었다.

"너는 봤지." 남자가 다시 물었다.

"너는 말을 전혀 못 하는구나……" 남자가 점점 멀어졌다. 남자가 멀어지는 동안 아무런 맥락도 없이 운동장에 쌓인 눈이 흰 모래로 변해 공중으로 부스스 흩날렸다. 흰 모래가 깔린 바닷가, 낮은 파도, 음울하게 불어오는 먼지 냄새가 나는 바람, 자고새. 남자는 더 이상 보이지 않았다. 정부영은 남자가 더 이상 보이지 않게 되었다는 것을 알고 입을 열었다. "내가 봤어." 정부영은 주위를 둘러보았다. "이것 봐. 나는 말을 할 수 있어." 정부영은 남자가 달려간 방향을 따라 걷기 시작했다. 흰 모래에 발이 빠질 때마다 발걸음이 더욱 더뎌졌다. "시간이 좀 걸릴 거야." 정부영은 걸으면서 얼마든지 보고 싶은 것들을 떠올릴 수 있었다. 그럴 수가 있었다. 꿈속에서는, 보고 싶은 것들을 떠올리면 그것들이 곧바로 눈앞에 나타나곤 했다. 팔꿈치가 닿을 때마다 끈적거리는 소리가 나던 오래된 나무 탁자. 죽은 가족들. 납작한 귀를 가진 개 한 마리. 창밖으로 보이는 덥수룩한 봉분들. 햇빛. 물이 담긴 컵. 말린 사과 냄새. 그러나 정부영은 꿈속에서 아무도 보고 싶어 하지 않았고 아무것도 떠올리려고 하지 않았다. 무엇이든, 누군가의 기억 속에 너무 오래 남아 있는 것을 원하지 않을 수도 있었다. "그다지 해는 안 될 거야." 정부영은 일정한 속력을 지켜가며 계속해서 걸어갔다. 아무리 시간이 지나도 완전한 노인이 되지는 못할 것 같았다. "너무 멀다……" 정부영은 자신을 에워싼 햇빛 속에서 또 한 번 잠들 듯 눈을 감았다. 잠들어야만 깨어날 수 있는 꿈. 그것이 자신이 꾸고 있는 많은 꿈이 가진 규칙이라고 생각했다. "그런 생각은 안 했어."

"어디에서 내리면 되지?" 정부영이 물었다.

잠에서 깬 정부영은 몇몇 사람과 함께 종점에서 내렸다. 차고지까지 가보고도 싶었으나 버스 기사와 단둘이 차고지에서 내려 걷고 싶지는 않았다. 시간이 늦어 거리에는 술에 취한 사람이 많았다. 불 켜진 네온 간판 아래에 선 사람들의 얼굴에 생기가 돌았다. 정부영은 술에 취한 사람들을 피해 걸으며 주위를 둘러보았다. 멀리서 구운 음식 냄새가 났다. 정부영과 함께 내린 사람들은 육교를 건너고 골목을 돌아 서서히 사라졌다. 정부영도 뒤늦게 그들을 따라 육교를 건너고 골목을 돌았다. 연립주택으로 이루어진 단지가 나타났다. 붉은 벽돌로 지은 오래된 집들이었다. 누군가 창문을 열고 바깥을 내다보았다. "저도 그 사람 소식은 못 들었어요." 정부영은 얼굴이 보이지 않는 누군가를 올려다보았다. 창문이 닫혔다. 길가에 놓여 있는 우산대를 주워 그것으로 바닥을 긁으며 걸었다. 단단한 아스팔트 바닥을 우산대로 긁어 듣기 싫은 소리를 낸다는 것이 좋았다. "어디에 있지." 정부영은 아버지가 사는 집의 위치를 모른 채로 그 집을 찾아 돌아다녔다. "단순한 속임수야." 비탈길과 이어진 좁은 골목을 벗어나자 세탁소 의자에 앉아 학교 숙제를 하는 아이들이 보였다. "그걸 내가 왜 봐야 해." 24, 44, 56, 80, 87, 88. 아이들은 두 자릿수 숫자들을 외우고 있었다. 정부영은 아이들을 지나쳐 처음 보는 집 대문 앞에서 걸음을 멈추었다. 휴대폰을 꺼내 아버지에게 전화를 걸었다. 발신음이 이어졌다. "여보세요." 아버지가 전화를 받았다. "아버지, 그거 아세요? 제가 지금 아버지 집 앞에 와 있어요." 정부영이 말했다. "네가 집을 어떻게 알고?" 아버지가 물었다. "그러게요. 그런데 저는 다 알아요." 정부영이 대답했다. 휴대폰 너머로 방문이 닫히는 소리가 들렸다. 정부영은 그 소리를 들었다. "저는 다 알아요. 그러니까 그 남자 말은 틀렸어요." 정적이 이어졌다. 숨소리. 음악 소리. 가스등의 불을 켜는 소리. 설탕 봉지를 뜯는 손. "아직도 그런 소리를 하고 있어?" 아버지가 물었다. "네, 저는 아직도요." 정부영이 대답했다. 꿈에서 보았던 남자의 얼굴이 좀처럼 떠오르질 않았다. "그 남자 말은 틀렸어요. 저는 말을 잘할 줄 알아요." 전화가 끊어졌다. 제자리에 서 있는 정부영의 등 뒤로 세탁소 오토바이와 헤드라이트 불빛이 지나갔다. "끊는다고 말을 안 하고 끊었어." 정부영이 중얼거렸다. "끊는다고 말을 해야지." 정부영은 우산대를 발끝으로 차며 같은 말을 되풀이했다. "이렇게 끊는다, 끊는다, 하고."

"놓는다, 놓는다, 하고."
정부영은 우산대를 손에서 놓지 않았다.

여전히 눈은 내리지 않았다. 정부영은 방수 천이 뜯어진 우산대를 손에 쥐고 걸었다. 의류 수거함 부근에서는 걸음을 늦춰 자신보다 걸음이 느린 노인이 앞서가도록 내버려두기도 했다. 노인의 어두운 뒷모습이 시야에서 사라지자, 정부영은 주택 앞에 있는 계단참에 앉아 캄캄한 허공에 시선을 버려두었다. 보이는 것이 별로 없었다. 다 자란 풀이나 돌이 윤곽으로만 흐릿하게 보였다. 정부영은 그것들을 우산대로 휘젓고 두드려보았다. "놓는다." 정부영이 중얼거렸다. "놓는다. 놓는다." 정부영은 우산대를 아직도 손에 쥐고 있었다. 정부영은 일어나서 다시 걸었다. "거기서 뭐하세요?" 순찰을 돌던 경찰관이 정부영에게 물었다. "걷고 있어요." 정부영이 대답했다. "잠깐만 서보세요." 정부영은 서지 않았다. 호각 소리가 들렸다. 경찰관에게 붙잡혔다. 몸싸움은 없었는데 발에 걸려 넘어졌다. 혐의랄 게 없었기에 금방 놓였다. 단지를 빠져나왔다. 바닥에 쓸린 왼쪽 뺨에서 마치 작은 북이 울리는 것 같았다. 정부영은 열이 오른 뺨을 두고 계속 걸었다. 뺨에서 피가 조금씩 샜다. 눈이 내리기 시작했다. 정부영은 눈이 동그래져서 하늘을 올려다보았다. 납작하고 작은 눈송이들이 정부영의 이마에 닿자마자 단번에 녹아 사라졌다. 눈을 맞는 정부영의 얼굴 위로 전신줄 그림자가 어른거렸다. 시간은 20분 가까이 지나, 이제는 눈이 아주 많이 내리고 있었다. "이렇게나 눈이 많이 내리는 건 조금 이상하다." 이렇게나 눈이 아주 많이 내리고 있어서, 성당에서 나온 사람들이 서둘러 우산을 펼치고 가로등 아래를 지나갔다. "저희도 그게 믿음에 나쁘다는 것을 알고는 있지만요……" 그들은 회비와 저금에 대한 이야기를 하고 있었다. 정부영은 회비와 저금에 대한 이야기를 듣다가 말았다. 앞서 걷는 사람들이 남긴 발자국에 발을 맞춰 걸어보다가 말았다. 성당에서 나온 사람들과 함께 있는 작은 개가 흰 눈을 깨물고 있는 것을 구경하다가 말았다. 정부영은 손에 쥐고 있던 우산을 눈이 가득 쌓인 화단 앞에 두었다. 추위에 언 잎사귀들이 정부영의 손에 닿아 흔들거렸다. 바람이 불었다. 바람을 맞아 부서진 눈송이들이 정부영을 비껴갔다. 뺨이 따가웠다. 더는 걷고 싶지 않았다. 걸음을 멈추었다. 정부영의 어깨 위로 눈이 쌓이기 시작했다. 정부영은 가로등에 얹어진 눈이 열에 녹아 흐르는 것을 보았다. 어째서인지 아주 긴 잠에서 깨어난 기분이 들었다. 정부영은 자신을 향해 다가오는 사람들의 얼굴을 피하지 않고 모두 마주쳤다. 사람들의 얼굴을 마주칠 때마다 느리게 발을 굴렀다. "두 발이 있으면 두 발로 설 수 있어." 정부영의 발에 밟힌 눈은 까맣게 뭉개져 온통 물이 되었다. 검게 고인 물 위로 또다시 흰 눈이 덮였다. 정부영은 그 모습을 보고 조금 웃다가, 가벼워진 얼굴로 고개를 떨구었다. "그런데 나는 잘 모르겠어."

럭 키   클 로 버

여름이 시작되었을 때 자영이 가장 먼저 한 일은 홀에서 자두 농장에 대해 떠드는 것이었다. 홀은 좁았고 템파레이의 음악이 들렸고 술기운에 알딸딸한 사람들은 춤을 추었다. 자영이 혼자 분주하게 이야기하고 있는 자두 농장이란 그저 허허벌판, 장마철이 되면 비냄새와 농약 냄새에 이끌려 달려온 정신이 요상한 아이들이 허어, 하고 멍하게 양손을 들고 흔들며 노는 곳이었다.

하지만 그렇다고 해서(온갖 냄새가 뒤섞여 있고 열매가 잘 여물지도 않고 병자들의 은신처라고 해서) 자영의 자두 농장이 크게 나쁘다고만 할 수는 없었다. 농장은 비록 적은 양이었어도 해마다 열매를 보았고, 삽으로 판 구덩이가 많아 곳곳에 맑은 물이 고일 수도 있었으며, 어떤 동물이라도 즐겁게 달릴 수 있을 만큼 드넓고 넉넉했다.

"내가 계속 농장을 돌보고 있었어."

자영이 말했다.

탄 맛이 나는 계피 막대를 씹으며 자영의 말을 듣고 있던 자영의 동료들이 고개를 끄덕였다. "그래. 그랬지. 네가 계속 그 농장을 돌보고 있었지."

자영은 동료들의 대답이 마음에 들었고 동료들도 그랬다. 이들은 모두 농부였고, 지금처럼 가끔 약속을 잡아 같은 장소에서 메뉴가 다른 음식을 주문해 나누어 먹었다. 무언가를 입안 가득 집어넣은 채로 한낮에 만나는 경우에는 한쪽 방향으로 이동하고 머무는 자연의 햇빛을, 저녁에 만나는 경우에는 실내 한편에 납작하게 고여 있는 네온사인 불빛을 구경하곤 했다.

오전 6시였다. 날이 밝아오고 있었다. 주말이 되려면 아직 멀었다. 밤새 홀에 모여 있던 사람들은 이제 집으로 돌아가 세수를 하고 속을 조금 게워낸 뒤 출근을 준비할 것이었다. 홀의 주인은 모든 사람을 배웅해주었다.

"조심히 들어가세요. 내일은 가게 휴무입니다. 냉수기가 고칠 수도 없이 굳어버렸어요."

사람들은 주인의 사정을 이해했다.

자영은 이처럼 기계가 완전히 고장 나 가게가 영업하지 못하는 날이 있듯이 자신의 농장도 그럴 수 있을지 생각해

보았다. 농장에는 천장에서부터 길게 내릴 수 있는 커튼도 셔터도 없는데…… 무엇보다 자영이 생각하기에 자신의 자두 농장은 고칠 수도 없이 완전히 고장 나는 법이 없었다.

튼튼한 농장. 튼튼한 나의 자두 농장.

자영은 쓸쓸하게 웃었다.

쓸쓸하게 웃는 법: 쓸쓸하게 웃는다.

자영은 집으로 돌아와 노트에 글씨를 적었다. 첫 줄에는 아무거나 떠오르는 것을 먼저 적고(쓸쓸하게 웃는 법: 쓸쓸하게 웃는다), 그 아래에 해야 할 일을 이어 적는 방식이었다(포대 치우기, 잡초 뽑기, 창문 열기, 새 구경, 돈 벌기). 올여름에 자영은 농장에서 자두 따기 체험 행사를 열어 돈을 벌어볼 요량이었다. 번성한 자두 농장의 수확량이라고 한다면 나무 한 그루에서 약 스무 박스가량의 자두를 수확할 수도 있겠지만 번성하지 않은 자영의 자두 농장이라고 한다면 나무 한 그루에서 그것도 작은 박스로 네 박스에서 다섯 박스가 고작일 것이었고(자영이 그렇게 예상했다), 그것도 많다면 많았다.

"그치만 그 정도여도 되잖아."

자영이 말했다.

자영의 말이 맞았다. 그 정도여도 되었다.

자영은 고개를 돌려 창밖을 보았다. 거실의 유리 통창 너머로 저 멀리 솟은 교회 탑과 산등성이와 자두 농장이 보였다. 자영이 살고 있는 집은 농장이 훤히 내다보이는 위치에 있었다. 흙과 돌을 쌓아 올려 지반을 높인 곳에 세운 조립식 주택이었다. 여름에는 더웠고 겨울에는 추웠다. 거위나 산양 떼, 노루와 같은 야생동물들의 침입이 없지 않아 현관에 엽총을 세워두어야 했다. 실제로 동물을 쏘아 죽인 적은 없었고 그럴 생각도 없었다. 다만 겁을 주기 위해서였다. "뭐야. 저리 가. 멀리 가. 그쪽은 내 농장이야, 망가뜨리지 마……"

정말로 무언가를 쏘려고 마음먹었을 때 자영은 총의 반동에 밀려 뒤로 세게 넘어지기만 했을 뿐이었다. 총소리에 귀가 얼얼했고, 사방으로 날리는 화약 가루에 눈과 코가 매워 엉엉 울면서도 와하하하, 어쩐지 신이 났었다.

자영이 그때 무엇을 쏘려고 했는지 헤아려보자면 대강 보이는 희뿌연 안개, 아니면 밤. 왜 그것을 쏘려고 했는지 이유를 헤아려보자면 더 큰 어둠을 대비하고자 했거나 아니면 무서워서?

그런 것은 자영도 잘 몰랐다.

자영은 농장 일을 하기 위해 장화를 신고 농장에 나왔

다. 구름의 모양과 풀잎에 맺힌 아침 이슬을 관찰하여 바람의 세기를 가늠해보았다. 바람이 적당했다. 하늘이 맑고 공기가 깨끗했다. 별다른 이변이 없다면 오늘 하루 동안 날씨가 줄곧 좋을 것이었다. 자영은 햇볕이 더 뜨거워지기 전에 잡초를 뽑고 땅을 다지기로 마음먹었다. 자두나무 아래, 그늘진 자리마다 잡초가 무성하게 자라 있었다. 잡초를 정리하지 않으면 나무에게 가야 할 부드러운 흙의 자양분이 모조리 잡초에게 간다고 자영은 배웠다. 잡초에 양분을 빼앗긴 나무는 시들시들해져 꽃도 피우지 않고 열매도 맺지 않는다고.

"농사가 망하는 거야. 열매가 열려도 다 같은 열매가 아니란다. 모양이 미운 건 뚝뚝 따서 버려야 건강한 농장을 돌보는 건강한 농부가 될 수 있지."

언젠가 자영의 엄마는 말했다. 자영의 자두 농장은 자영의 엄마가 물려준 것이었다. 자영의 엄마는 자영에게 자두나무가 여럿 심긴 농장을 물려주고 떠났다. 어디로 갔는지, 변덕을 부려 다른 이의 농장을 대신 돌봐주고 있는 것은 아닌지 아니면 남몰래 손목을 깨물어 죽어버리기라도 했는지 알 수는 없었지만 자영은 종종 엄마가 어디서 무얼 하고 있을지 상상해보았다. 상상 속에서 엄마는 손가락에 물을 묻혀 성호를 긋기도 했고, 말없이 조용하거나 엉망으로 취해 있기도 했다. 그러다 보면 눈이 펑펑 쏟아지는 어느 겨울날까지 나아가, 내내 소식이 없던 엄마가 눈 온다, 하고 말하며 정면으로 걸어오는 장면에 사로잡힐 때도 있었다. 희고 둥근 눈송이들. 호렴. 억샛잎 모양의 눈썹. 폐를 가득 부풀게 하는 숨과 구유 장식, 부엉이 울음소리. "아가야, 저기를 아직도 저렇게 놔두면 안 되지. 시간이 제법 지났는데. 까맣고 보기에도 나쁘잖아."

자영은 보폭을 크게 하여 농장을 한 바퀴 돌았다. 엄마의 말처럼 저기에, 한겨울에 가지치기를 해둔 나뭇가지 더미가 마치 봉분처럼 새까맣게 쌓여 있었다.

"괜찮은데……"

자영은 중얼거렸다. "뭐가 나빠?"

자영은 빈 포대를 돌돌 말아 발로 밀었다. 작은 삽을 손에 쥐고 잡초를 뽑았다. 땅을 다졌다. 이와 같은 움직임을 반복하여 계획한 잡초 뽑기를 무사히 끝냈다. 어느덧 정오에 가까웠다. 헛간 창문을 열었다. 터진 문간에 기대앉아 새 구경을 했다. 새의 종種을 궁금해하지는 않았다. 땅에 떨어진 자두를 한 개 주워 동강 냈다. 동강 낸 자두 반쪽을 새에게 주었다. 새는 농장 땅을 밟으며 도랑 가까이 돌아다니기만 했다. 여기 새 하나, 인간 하나. 자영은 앉은 자리에서 잠깐 졸다가 두어 차례 발을 굴렀다. 발소리에 놀란 새가 동쪽으로 멀리 날아갔고 나는 안 따라가. 여기에 있어, 나는 그냥 손이 너무 끈적거려서…… 새의 발자국을 가볍게 지워낼 듯 미지근한 바람이 불어오자, 농장을 둘러싼 가시덤불 울타리 너머로 여덟 명의 클로버 병정들이 줄지어 나타났다.

희고 눈부신 모습이었다.

햇빛 때문에 어지러웠다.

또 왔구나, 하고 생각하기 전에 자영은 모른 척 누구냐고 물어보고 싶었다. 그러면 여덟 명의 클로버 병정들이 우리는 자영이의 친구인데요, 하고 대답할 거야.

그러면 무엇이든 처음인 것처럼 새롭게 시작할 수 있을 거야. 자영이 친구들이라고? 반가워. 내 친구들이구나. 내가 자영이야. 나는 농장을 돌보며 지내. 봐봐, 이 땅이 다 내 거야. 신기해하기도 하고 겁내기도 하면서 서로 인사를 나눌 거야. 처음이니까. 익숙하지 않을 거야. 그게 처음이라는 거잖아. 잘 모르는 거. 지겹지 않은 거. 배신하기도 쉬운 거. 하지만 가능하지 않을 거야. 실은 나는 새로운 것을 별로 좋아하지도 않고, 내 정신이면 몰라도, 이렇게 사는 게 몸에 배어 있으니까. 내가 너희를 알고 있고 너희가 나를 알고 있으니까. 그래도 잘은 모를 거야? 나는 되는대로 매일 눈을 감을 거고 잠들 거고 깨어날 거야. 여름풀에 팔다리가 온통 베어지고, 토양의 일부분이 살아 움직이는 생기 있는 꿈을 꿀 거야. 자영은 평소와 같이 이런저런 생각을 멈추기가 어려워져 또 왔구나, 하고 마침표를 찍듯이 서둘러 생각해버렸다.

또 왔구나.

그러고 나서 방금까지 떠올렸던 이런저런 생각들로는 되돌아가지 않았다. 그야 그래야 했으니까. 그래서 그렇게 했다.

여덟 명의 클로버 병정들은 몸집이 작고 통통한 파수 병정들이었다. 자영의 무릎 정도까지 오는 크기였지만 자영의 외양과 거의 같았다. 누군가 양쪽을 번갈아 베어 먹은 듯한 잎새 모양의 머리통과 식물처럼 보이는 피부는 그 생김새가 달라 눈에 띄었다. 벌목된 나무 밑동 아래서 자영이 처음 그들을 발견했을 때 그들은 지금처럼 걷거나 뛰지 못했고, 나뭇가지로 된 총대를 메고 있지도 않았고, 마치 한 닢의 잎사귀처럼 순하고 납작한 모습이었다. 그들은 나비 모양의 흰 꽃이 피고 진 자리에서 동시에, 한 다발로 태어났다.

한 다발로 태어난 여덟 명의 클로버 친구들이 나름의 대열을 만들어 걷다가 뛰다가 모였다가 흩어졌다가 하며 무방비하게 다가오고 있었다.

아홉 명은 너무 많고 열 명은 너무 적어 그러면 여덟 명은? 여덟 명은 충분하지 아니야 그것도 조금 모자라지 첫째가 맨 앞에 서는 걸로 해볼까나 선두에 말이야 좋아, 첫째가 어디 있어? 첫째야 저기 가서 가슴 펴고 당당하게 서봐라 사진 찍어줄게 말투 뭐야 실례잖아 지금 노래를 불러도 되려나 아이 안 돼, 나 기분 나빠져…… 너희 방금 누굴 첫째라고 부른 거냐고? 그야 나지 나야 바로 나 자신. 그들은 모두 첫째가 되고 싶어 했는데, 당연하게도 누가 첫째인지는 아무도 몰랐다.

"왼발, 왼발, 왼발, 둥근 원을 그려보자, 전진 금지 제자리에 서!"

그들이 농장 한가운데로 가로질러 들어와 제식훈련을 위해 두 발을 움직일 때마다 대열의 질서가 도리어 흐트러졌다.

"이래가지고 전투에 나가면 우린 다 죽겠다."

"저번에 누가 이런 말을 하는 걸 책에서 읽었어―죽고 말고요."

"죽어도 산 것처럼 굴 수 있을 거야."

"죽기는 한다는 거잖아. 온갖 고통을 겪게 될 거야. 무서워."

"너는 어때?"

"왜 물어봐? 무서워. 무서워."

"그게 다야? 그 표정은 뭐야?"

자영은 병정들에게 언어를 가르쳐준 것을 종종 후회하곤 했는데 지금이 그랬다.

"조용히 좀 해. 시끄럽게 굴면 쫓아낼 거야."

자영의 말을 들은 병정들이 얌전히 입을 다물었다. 그리고 웃었다. 병정들의 작은 웃음소리 사이로 숲에서 불어오는 바람 소리와 골짜기 아래 네 갈래로 흐르는 물줄기 소리가 이어졌다. 자영은 병정들을 노려보았다. 이마에서 흐른 땀이 눈에 들어가 따끔거렸다. 병정들은 불어오는 바람에 흔들흔들 즐거워하며 날아가지 않기 위해 바지 주머니에 돌을 주워 담고 있었다.

"그렇지만 자영아."

병정들이 다시 입을 열었다. "너는 우리를 못 쫓아내."

그래, 구름이 빠르게 흘러 태양을 비껴갔다…… 병정들의 열린 눈동자가 햇빛을 받아 아무렇게나 빛났고, 아름다웠다.

나도 알아, 중얼거리는 자영의 대답과 대답을 듣지 못한 병정들의 도톰한 귓바퀴, 솜털, 여덟 개의 머리꼭지. 사냥용 올무. 풍선 끈. 당근 조각. 새덫. 방공호. 마른 우물. 건너편 포도밭의 열매 송이들. 천사들. 모든 것이 대낮의 뙤약볕에 또렷하게 잠겨 있었다. 여덟 명의 클로버 병정들이 흙먼지를 일으키며 터벅터벅 땅 위를 걸어다니기 시작했다. 볕이 드는 자리에서 볕이 드는 자리로, 타르처럼 끈끈한 그림자를 나무 그늘에 빼앗기지도 않고서 생생하게.

자영에게는 지금 이 모든 것이 견딜 만했다. 그렇게밖에 생각이 안 들었다. 그리고 그것이 자영에게, 무언가 충분하지 못하다는 느낌을 주었다.

상황을 나쁘게 만들어볼까. 자영은 생각했다. 나쁘게, 해롭게, 견딜 만하지 못하게.

그치만 어떻게 해야?

자영은 스스로 물어보았다. 그러나 스스로도 알고 있듯이, 자영의 시야가 이미 이 상황에 길들여져 어느 것도 나빠질 만한 게 없었다. 자영의 질문은 잠깐 자영을 기다렸다가 더는 이어지지 않고 곧 그쳤다.

"아니야, 방법이 있을 거야."

자영이 아무 말 하지 않았는데도 병정들이 다가와 대꾸했다. "방법이 있을 거야, 자영아. 너를 위한 방법이."

나를 위한 방법이.

자영은 아이일 때 마을 교회에서 주최하는 여름 성경 학교에 가는 것을 좋아했다. 성경에 순서라는 게 있어 그 순서를 배운다는 것이 좋았고, 아침 체조를 하기 전에 마시는 오렌지주스의 맛이 좋았다. 한밤중에 다 같이 이불을 깔고 누워 누군가에게 일어난 좋은 일과 나쁜 일을 엿들을 수 있다는 것은 물론이요 그것을 엿들으며 자신에게 앞으로 일어날 좋은 일과 나쁜 일은 무엇이 있을지 헤아려볼 수 있다는 것도 좋았다. 자영은 신을 믿었고, 신이 교회에 있다고 전해 들어 교회에 다녔지만, 하나님이라는 존재를 떠올릴 때면 어째서인지 왜 너 혼자야? 생각하게 되곤 했다. 자영에게 신은 서너 명이었다. 한 명이 아니고 서너 명. 어쩌면 신은 서너 개의 기분 같은 것일 수도 있었다.

그래서인지 시간이 흘러 여름 성경 학교에 참가한 중등부 아이들에게 숭고에 대해 알려줄 때에도, 자영은 하나님의 숭고한 희생에 관한 이야기에서부터 시작하여 복음에 이르는 이미 정해둔, 짧고 단순한 말씀을 전하라는 요구를 앞서 받았음에도 불구하고 맞다 그 이야기를 먼저 해야 했는데 내가 까먹어서 하질 못했고 그 대신 숭고라는 단어에 대해서만 계속 이야기했다. "숭고란 뜻이 높고 고상한 것. 절대적 가치를 지니고 있어 인간으로 하여금 우러러보고 본받아 따르고자 하게 만드는 것. 어떠한 상황에서도 손쉬운 죽음이 아닌 그럼에도 삶으로 향하는 인간의 의지적인 모습을 가리킨다고도 볼 수 있지. 여기서 그렇다고들 하더라. 나도 동의해. 그치만 뜻이 천하고 고결한 것, 좋으면서도 나쁜 것, 살 만한 가치가 있다고 생각하지 않음에도 내내 사는 것, 이런 것들을 절대라는 개념에 놓고 보자면 어느 쪽이며 내가 너희에게 무얼 전할 수 있겠니? 그렇게는 안 되지. 더구나 인간은 손쉽게 죽는다고 할 수도 없고 꽤 어렵게 죽잖냐. 얘들아, 그럼 숭고라는 게 뭐겠니 뭐가 뭔지 알 수 있겠니?"

"알 수 있을걸요."

"어떻게?"

"알 수 있을 거라고 했으니까요."

"누가? 하나님이?"

"아뇨. 엄마 아빠가요."

그런 대화가 오갈 때쯤 어디선가 골프공이 날아와 창문을 깼다. 누군가 창문을 깼기 때문에 창문이 깨어졌으며, 다친 사람은 없이 중간중간 혼란스러운 와중에 피아노 건반 소리가 들려왔던 것을 자영은 기억했다. 평범한 호두나무로 만들어졌고, 오른쪽 댐퍼 페달에 조그맣게 '씨발 놈들'이라고 적혀 있는 오래된 콘솔형 피아노였다. 자영의 기억 속에 마련된 한 장소에 깨진 창문과 유리 조각, 조그만 씨발 놈들, 피아노 건반 소리 그리고 그해 여름 성경 학교의

슬로건을 새겨 넣은 현수막이 함께 자리하고 있었다. 깨신 창문의 창틀 너머로 현수막이 바람을 받아 온화하게 나부끼고 있었고, 자영은 그것을 제대로 보았다. '우리 안에 거하시는 성령으로 말미암아 네게 부탁한 아름다운 것을 지키라.'

그러고 나선 무얼 보았더라? 그 뒤로는 가물가물했다. 몇몇 장면이 조금씩 기억나려다가 말았다.

하지만 오늘 같은 화요일, 또는 목요일이거나 일요일, 난데없이 병정들이 나타난 날들에 대한 기억이라면 얼마든지 흐릿하지 않은 모습으로 남아 있을 것이었다. 과거가 내뿜는 뜨거운 아지랑이 속에서도 단번에 알아볼 수 있을 만큼. 왜냐하면 자영이 그것을 원하니까. 그것을 원하고 싶고, 원할 수 있으니까. 그래. 이게 전부 다 내가 원한 거라고…… "너 무슨 생각해?"

여덟 명의 병정들이 하는 일은 나타나기. 다시 나타나기. 나타나기를 해내기. 그것 말고도 자영을 돕거나 돕지 않기, 딱정벌레를 내쫓기, 물건의 배치를 바꾸기, 해바라기 등등 하는 일이 전혀 없다고는 할 수 없었고 한번은 연초에 나쁜 기운을 몰아내는 술을 만들어 와 자영에게 마셔 봐, 하고 건네기도 했다. 그랬기에 자영은 그들이 때때로

싫거나 성가셔 몸통의 가장 뽀얗고 연한 부분을 꼬집고 싶거나 아예 없어졌으면 싶으면서도 정말로 그렇게 되기를 바라지는 않았고 어느 때에는 나타나기를 기다리기도 하며 아무래도 앞뒤가 맞지 않는다, 생각했다. "아무튼."

"우리 가봐야 해."

병정들이 서로의 손과 발에 난 상처를 갖고 놀다가 말했다.

"오늘은 눈 똑바로 뜨고 다녀. 알겠지."

"내가 언제 한눈을 팔았다고 그래."

외부로부터 농장을 지키는 일은 병정들이 '전방 주시'라고 부르며 가장 중요하게 여기는 일이었다. 병정들은 농장 주변에 수상한 상자나 식물들, 숯덩이, 나도는 소문들이 있는지 둘러보며 보초를 서는 일을 가장 중요하게 여겼다. 그 일을 방해하려고 하면 누구라도 공격할 기세였는데 언제나 이렇다 할 방해가 없이 순조로웠다.

이번에는 자영도 함께였다. 자영이 함께하자고 했고 병정들도 그러기로 했다. 자영과 병정들은 농장을 벗어나 원을 그리듯 그 일대를 걸었다. 병정들이 대열을 맞추어 걷고자 노력했지만 자영이라는 변수 때문인지 잘되지 않았다. 병정들은 날씨가 얼마나 좋은지, 가뭄 끝에 단비가 내린 듯한 이 좋은 날씨가 어느 날 늦지 않게 일으킬 우박이

나 지진, 먼바다의 해일이 어느 정도일지 가늠해보며 길가에 핀 물망초를 만져보았다. 병정들의 손가락이 새파랗게 물들었다. "우박이 쏟아지면, 지진이 일어나면, 해일이 닥치면, 마음씨 착한 수목 옆에 몰래 뿌리를 내려야지. 아이 안 지워지네." 병정들이 손을 문지르며 땀을 흘리는 동안 자영은 말없이 하늘을 올려다보았다. 그리고 조금 지나 병정들도 자영이 올려다보는 하늘을 따라서 올려다보았다. "뭐 봐?" 맑고 높은 하늘 아래 서서, 자신들의 얼굴을 온전히 보여주었다.

그때 배낭을 멘 어린 여행자가 숲이 있는 방향으로 모두를 앞질러 지나갔고, 자영과 병정들은 하늘에 내보이던 얼굴을 거두고 다시 가던 길을 계속 갔다.

농장 주변을 정찰하며 돌아다니는 데에는 약 50분 정도의 시간이 걸렸다. 새로운 두꺼비를 발견함. 햇무리를 구경하는 옛날 사람들(노인들을 의미했다)을 봄. 태양 아래서 영영 시력을 잃었다고 하였음. 농장 주변은 아무 문제 없음. 좋지도 나쁘지도 않음? 좋기도 하고 나쁘기도 함. 출발한 지점으로 되돌아오는 길에 병정들이 반듯하게 접어둔 종이 약도를 꺼내 펼쳐 보였다. 거기에는 산△ 모양으로 표시해둔 한 장소가 있었다. 농장의 위쪽, 마른 우물이 있는 곳이었다. "아까 여기를 그냥 지나쳤거든. 의심을 사지 않으려고." 병정들이 말했다. "그런데 여기에 뭔가 있어. 동물인지 식물인지는 몰라도 농장을 노리고 있는 것일 수도 있고 아무튼 위험 요소야." 병정들이 자영에게 동의를 구하듯 고개를 끄덕였다. 지금은 너무 밝으니까, 이따가 밤에 다시 와보자고.

그래. 그럼 그렇게 하자, 하고 자영이 동의를 표했다. 그런데 거기에 정말로 뭔가가 있으면 어떻게 할 거야, 하고 물어보려다가 말았다. 그것을 물어보는 대신에, 자두 따기 체험 행사에 신청한 사람이 아직까지 아무도 없으니 돌아가서 함께 자두를 따는 게 어떻겠느냐고 물어보았다. "내가 위쪽을 하고 너희가 아래쪽을." 자두 열매는 여름에 들어설 무렵부터 2주 동안만 수확할 수 있었다. 그 뒤로는 나무가 알아서 전부 떨구어버렸다. 돌아가서 같이 자두를 따자고? 응. 그거 네가 다 해야지 왜 같이하자고 해? 이렇게 더운데? 왜냐니? 그건 생각 안 해봤어.

"안 할래. 그 일에는 볼일 없어."

병정들이 말했다.

"볼일이야 만들면 되잖아."

자영이 말했고 "안 해, 안 해. 우리가 하고 싶지 않을 때 하지 않게 냅둬."

그래서 자영은 내버려두었다. 다시 농장에 도착하여 발

을 들이자 켜켜이 쌓인 흙에서 올라오는 디운 열기가 단숨에 혹 끼쳤다. 자영은 차가운 물에 비료를 섞어 분무기 통에 담고, 끈을 조절해 어깨에 멨다. 그러고는 농장 곳곳에 가지를 뻗고 자라난 자두나무들과 맺혀 있는 열매들, 이미 죽은 나무들과 죽은 열매들, 잘라낸 줄기들, 식초병, 박엽지, 콩과자 한 봉지, 그것들을 전부 품고 있는 토양과 대기에 물을 흠뻑 뿌려주었다. 그것이 자영의 몸에 배어 있는 자영의 할 일이었다. 곧고 힘 있는 물줄기가 한낮의 햇살을 받아 눈부시게 반짝였다.

병정들은 물줄기를 쫓아다니며 그 주위로 점점이 흩어지는 시원한 물방울을 맞았다. 그 모습이 어쩐지 얄밉고 마음에 안 들어 자영은 병정들에게 직접 물을 쏘았다. 병정들은 곧바로 넘어지거나 발이 엉켜 물웅덩이로 떠밀렸다. "아파, 아파!" 자영은 쏜 자리에 한 번 더 물을 쏘았다. "그만해. 너는 우리보다 크잖아, 비겁하게. 괴롭히지 마." 괴로운 듯이 찡그리고 있었지만 병정들의 물기 어린 얼굴에는 분명한 생기가 돌았고, 자영은 그것을 보았다. 병정들이 자영에게 보여주었다. 번성하는 여러 개의 생명력을.

자영은 태양을 등지고 멈추어 섰다. 그러니까…… 갑자기 무엇을 해야 할지 모른 채로 서 있었다.

"내가 왜 그랬을까? 왜 그랬는지 나도 몰라. 아마도 계속 모를 거야. 내 생각은 어렴풋하고, 노력을 하지 않거든…… 내가 왜 그랬을까?" 자영은 한꺼번에 말을 쏟아내지 않기 위해 같은 말을 되풀이하며 다시 무엇을 해야 할지 알았고 뭐야 몰라 부지런히 자두 열매를 땄다. 매 계절 농약을 사용하여 벌레 먹은 열매가 많지는 않았다. 그렇다고 자영이 먹을 만한 열매가 많은 것도 아니었다. 늘 그래 왔기에 자영은 농장의 끝에서 끝까지 작업하는 동안 별다를 것 없이 허리를 펴거나 구부리고, 사다리 의자를 오르내리고, 끓는 듯한 더위에 이따금 저 멀리 시선을 던져둘 뿐이었다. 매일같이 지속되는 한낮이었다. 어마어마하게 큰 열매와 몹시 작은 열매, 드물게 잘 익은 열매가 볼 풀처럼 뒤섞여 플라스틱 상자 안에 가득 담겼다. 노랗고 빨갛고 푸른, 자영이 재배한 자영의 열매들이었다.

자영은 모아놓고 보니 뿌듯하여 환하게 웃었다. 이번에는 병정들이 조용히 그 모습을 지켜보았다. 그것은 어떠한 암시도 슬픔도 아니었다. 뿌듯하고 기쁨. 그래서 환하게 웃음. 단지 그뿐이었다.

자영은 자두 열매가 담긴 플라스틱 박스들을 한쪽에 쌓아두고, 헛간에서 두께가 얇은 유리병들을 꺼내 와 잘 닦은 뒤 햇볕에 말렸다. 자영은 해마다 먹을 수 있는 열매만을 모아 술을 만들었다. 열매와 설탕과 담금소주, 식초 그리고 조미료를 알맞은 비율에 맞추어 담그면 자두주가 되었다. 그중에 몇 병은 자영이 마셨고, 대부분은 장이 서는 날에 나가서 팔았다. 기온이 선선해지면 트럭을 몰고 도로변에 나가서 팔기도 했다. 차창을 내리고 시비를 걸어오는 운전자(주로 자영의 또래인 젊은 여자와 남자였다)가 있으면 맞서지 않고 딴청을 피우거나, 신고당할지도 몰라 순순히 자리를 옮겨 다시 팔았다.

트럭을 몰고 도로변에 나간 여러 날 중에 한 날, 자영은 병정들과 함께이지 않고 혼자였다. 계세요, 하고 누군가 승용차에서 내려 다가오기에 트럭에서 내려 손님을 맞았는데 그게 아니고요 조금 전에 이 트럭에서 사 간 술을 마시고서 배탈이 났거든요, 하고 말을 잇는 것이었다.

"오늘은 아직 한 개도 팔지 못했는데요." 자영이 대꾸하자 그는 조금 전에 산 게 아니고 저번에요, 하고 말을 바꾸었다. 거짓말에 익숙해 보이지 않아 거짓말인지 금방 알 수 있었다. 하지만 자영은 그 말이 거짓인지 아닌지 따져 묻고 싶지 않아 잠자코 있었다. 그러다가 고집스럽게 서 있는 남자의 모습에 차츰 짜증이 나 그래서 뭐, 하고 물었다. 생각해보니까 그렇잖아. 그래서 뭐. 할 말 있어?

"돈을 돌려받고 싶어서요."

남자는 물러날 생각이 없어 보였다.

"제가 담근 술을 마시고 배탈이 난 사람은 지금까지 단 한 명도 없었어요."

"제가 지금 있잖아요."

그렇긴 하네, 자영은 생각했다. 네가 있다고 하니까 여기 있네. 그런 생각이 들었기에 속아주기로 하고 남자에게 현금으로 만 원을 주었다. 자영은 남자가 이렇게 말하기를 기다렸다. 겨우 만 원짜리 가지고. 뭐 이런 걸 팔겠다고 나서서는…… 다 그만둬요. 시간 낭비예요. 누가 이런 걸 필요로 하긴 한대요? 그러면 자영은 모욕을 느끼고 손을 벌벌 떨면서도 기필코 남자를 트럭으로 들이받을 생각이었다. 엎어진 남자의 지갑에서 다시 만 원을 꺼내 가며 마지막으로 남길 말도 생각해두었다. 그래서 뭐. 잘해보려고 그랬어 나도. 너 이게 무슨 말인지 알아? 잘해본다는 게 뭔지 알아? 그러나 남자는 아무 말도 하지 않고 자신의 차에 올라탔고, 사라졌다.

"사기꾼이었을 거야. 한 병에 만 5천 원인데. 봐봐. 만 원만 받고도 돌아갔어. 원래 얼마인지도 모르는 거지. 낸 적도 없는 돈을 되받아 가다니……" 자영은 남자의 생김새보다도 만 원짜리 지폐 한 장을 공손하게 받아 가던 그의 두 손이 자꾸 떠올랐다. 굳은살로 지저분한 자영의 손과는 달리 손가락이 반반히 길고 손톱이 말끔하게 깎여 있는, 깨끗하고 고운 손이었다. 그 희고 고운 손으로 여기저기서 돈을 빼앗으면 얼마를 모을 수 있을까 이 개새끼 셈해보며 자영은 트럭을 그대로 세워두고 도로변에서 벗어났다. 굴다리 아래 자판기에서 껌과 물을 사 먹고 바람에 물결치는 청보리밭을 지나며 가볍게 산책했다. 그러고는 운전석으로 돌아와 짧게 잠들었다. 얼마 지나지 않아 꿈속에서, 자영은 그가 감방에서 나온 남자라는 것을 알게 되었다.

남자가 말한다. "나를 보는 사람은 누구든지 내가 불길하다고 말해요."

정말로 누구에게나 그런 말을 들었을까? 잠에서 깬 자영은 곰곰이 생각해보았다. 우선 나는 불길하다고 말하지 않았음. 누구도 자영의 꿈속을 들여다볼 수는 없었기에 자영은 혼자 결론지을 수밖에 없었다. 그러므로 그럴 수도 있고 아닐 수도 있음. 자영은 주머니에서 노트를 꺼내 결론을 적어두었다. 내내 틀어둔 라디오에서는 이제 농가에서 흙을 태우는 법을 알려주고 있었다. 곧이어 건조한 여름 기후로 인한 산불 대비 안내가 이어졌다. 자영은 시동을 걸었다. 열어둔 차창을 통해 녹지의 푸르른 냄새와 길가의 자갈 냄새가 드나들었다. 배롱나무 세 그루. 돌로 쌓은 축대들. 수돗가. 새 무리의 뒤를 밟는 소리. 콜라 캔을 따는 소리. 드라이아이스 냄새. 유황 냄새. 깃털들. 뼈들. 고개를 흔드는 빛 그림자. 길 한복판에 놓여 있는 뱀이 지나가기만을 기다리던 아이들이 조금씩 몸을 움직이며 자영의 트럭을 돌아보았다.

약속한 밤이 되자 갑자기 바람이 거세지고 비가 내렸다. 자영은 비바람을 막아줄 만한 방수포 천막을 병정들에게 갖다주었다. 병정들은 난처해하지 않고 농장 한편에 천막을 높이 설치하고 그 안에 들어가 비가 그치기를, 무엇보다 거센 바람이 그만 멎기를 기다렸다. 기다리는 동안 그들은 마치 소도구로 사용하는 의자가 된 것처럼 몸을 어정쩡하게 구부리고 있었다. 작은 의자 되기. 자영은 그 모습을 언젠가 그렇게 이름 지었고 여느 때처럼 하나씩 돌아가며 앉아보았다. 병정들의 몸은 차갑지도 뜨겁지도 않고 다만 축축했다. 천막 안에 세워둔 랜턴 불빛이 물기 어린 병정들의 몸을 흐릿하게 비추고 있었다. 말소리가 전혀 들리지 않았다. 사방이 고요하기만 하여 빗소리와 숨소리가 자장가 소리처럼 들렸다. 낮과는 달리 농장의 풍경이 나른하고 지쳐 있었다. 자영은 의자가 된 병정들에게로 몸을 기울이고 손을 흔들어 보였다. 반가운 듯 또는 배웅하듯 천천히 손을 흔들고 있으면 병정들이 서서히 잠드는 게 느껴졌다.

자영은 이것을 몰랐는데 알았고, 그것이 싫지 않았다.

소나기였는지 비는 곧 그쳤고 바람은 아직 남아 좀더 기다림. 자영은 병정들을 깨우지 않고 천막 주변에 가는 선으로 향 가루를 뿌려 모르는 영혼이 함부로 들어오지 못하게 했다(아는 영혼이 있는 것은 아님). 그리고 나서 남은 향 가루로 산 모양을 그려보며 혼자 놀았다. 자영이 혼자 놀고 있는 동안 크고 작은 아이들이 와르르 농장에 찾아와 향 가루를 피하며 뛰어다녔다. 그리고는 자기들끼리 무언가 의논하다가 달아나듯 다시 나갔다. 아이들이 스스로 묻는다. 나는 행복한가? 아이들이 스스로 대답한다. 그런 작은 일은 어쩔 수 없다.

"뭐 때문에 왔는지 모르겠네." 자영은 아이들이 농장을 나가는 것을 지켜보며 중얼거렸고, 아까 낮에 보았던 약도를 떠올렸다. 농장의 위쪽, 마른 우물 근처에. 어쩌면 그곳에 엄마의 시체가 있을 수도 있겠다고 자영은 생각했다. 어느 때고 검은 물을 좋아하는 사람들이 있으니까. 검은 물에 홀려 깊고 캄캄한 우물에 몸을 던졌는데 알고 보니 물이 한 방울도 없었던 거지. 그대로 머리가 깨진 거다. 평, 하고 터진 거다. 자영은 이 허구의 작은 마을에서 누군가 급류에 휩쓸렸다는 소문이 들리거나, 누군가 내던진 작은 불덩이가 원인이 되어 숲에서 큰 화재가 일어날 뻔했다는 소문이 들리면 그곳에 찾아가 정말인지 확인하고 다시 돌아오곤 했다. 그게 정말인지 아닌지. 진짜인지 아닌지. 자영에게는 그것이 중요했고, 그 중요함은 선했다. 그리고 그 선함이 때때로 자영을 구해낼 수 있었다.

"그렇다면 어서 가봐야겠다. 그치."

병정들이 잠에서 깨어나 눈을 비비며 말했고,

천막 밖으로 나오자 어둠이 짙어 눈을 감아도 떠도 똑같은 농도의 암흑이었다. 어둠이 윙윙거렸고, 윙윙거리는 어둠을 가로질러 농장을 빠져나왔다. 그 위쪽으로 걸었다. 자영은 혼자 동떨어져 걷는 기분으로 병정들의 발소리가 가까워지거나 멀어지는 소리를 들으며 어둠에 곧 익숙해졌다. 어둠에 익숙해지자 풀벌레가 우는 소리가 들렸고, 눈에 보이는 것이 생겼지만 볼만한 것은 거의 없었다. "아까 말이야." 병정들이 아까 잠든 사이에 아무 꿈도 꾸지 않았는데 사실은 꾸고 싶은 꿈이 있었다며 말을 걸었다. "재미있는 꿈이었을 거야. 뭐냐 하면, 우리가 너를 잃어버리는 꿈이거든."

"그런 꿈을 꾸게 되면 우리가 움직임을 멈추고 그사이에 시간이 계속 가는 거야. 물론 너는 계속 움직여야지. 그런 꿈을 꾼 건 네가 아니니까. 그러다가 우연히 너를 되찾는 꿈을 꾸게 되면 우리가 다시 또 움직이고, 움직여서 너를 찾아가면, 너는 옛날 사람이 되어 있어."

자영은 그 꿈이 어떤 의미인지 궁금하여 물어보았다. "잘 몰라. 의미는 어쩌다가 생길 수도 있고. 만약에 생기면 알게 될 거야." 자영은 그 말이 무슨 말인지 몰랐는데 알고 있는 것도 같았다. 그렇게 여겨지는 것들이 있었다. 자영이 병정들을 재우는 법을 알게 된 적 없이 알고 있는 것처럼, 병정들은 자영을 깨우는 법을 알게 된 적 없이 알고 있었다.

자영과 병정들은 교대하듯 앞으로 뒤로 움직이며 걸었다. 이따금 마치 한 사람처럼 보이는 일은 없었다. 얼굴 위에 드리운 얼룩덜룩한 잎 그림자가 물러나고, 낮게 뜬 보름달이 나타나 주위를 하얗고 맑게 쪼개어 비추었다. 밝은 빛과 바람을 맞으면서 자영은 병정들이 숨을 내쉴 때마다 그들의 머리꼭지가 조금씩 움직이는 것을 보았다. 부풀었다가 가라앉는 회오리 모양의 가마가 작아서 귀여웠다. 살아 있었고, 살아 있는 것처럼 보였다.

"그런데 거기에 아무것도 없으면 어떡하지?"

"없는 거지."

"그래도 뭐가 있으면 좋을 거야. 뭐라도 말이야."

"그걸 맨 처음 보는 게 나였으면 좋겠다."

"부―부―부."

"아니면 맨 처음 보이는 게 나였으면 좋겠다."

"지금부터 양손을 맞잡고 기도라도 해봐."

이어지는 병정들의 말소리에 자영은 맞아, 맞아, 하고 대강 고개를 끄덕이며 오랫동안 그들과 함께 걸었다. 그래. 거기에 죽어 있으면 좋겠다. 나에게 끝을 보여주는 거라면 좋겠다. 그러면 그만 용서해야지 생각하면서.

외 출

나는 말을 아주 길게 하고 싶습니다. 보통의 정도를 훨씬 더 넘어서는 상태로 말이에요. 그러니까 이곳에 있는 그 누구보다도 길게, 나를 전혀 알지 못하는 누군가조차도 나의 장광설에는 도무지 질리지 않을 방도가 없다는 표정으로 돌연 자리를 떠나 사라져버릴 만큼 길게 그리고 그러한 누군가의 무례하거나 어쩌면 무구하기까지 한 태도에 대해, 그다지 대단한 일은 아니어도 마음속에서 재빨리 자라난 상대에 대한 적의를 어떠한 망설임도 없이 당사자가 분명히 알 수 있도록 기세 좋게 내보인 일에 대해 어느 누구도 불쾌해하거나 의아해하지 않고 도리어 그것이 요상하게도 당연한 일인 것처럼 여겨질 만큼 길게, 더 길게, 그래…… 저 여자라면. 그런 태도를 보일 만도 해. 그래도 돼. 누구라도 말이야. 말이 너무 많잖아. 그렇지 않아? 이처럼 나로 말미암아 서로 간 짧은 대화를 나눌 수도 있을 만큼 길게, 아주 길게 그러니까…… 나는 말을 아주 길게 하고 싶습니다. 한번 들어보시겠어요.

아니지, 한번 들어보시겠어요,라니…… 이 문장은 곧 거짓이고 기만입니다. 나는 정말로 말을 하고 있지는 않으니까요. 나는 접힌 자국이 남은 종이에 고작 글자를 몇 자 적고 있을 뿐입니다. 물론 글자는 가로 방향으로. 물을 것도 없이 가로 방향으로만 적습니다. 그렇게 적어야 한다고 언제인가 배운 적이 있기 때문입니다. 바람이 부는 방향으로 한여름의 햇빛 냄새가 옮겨 가듯 글자는 가로 방향으로 적어야 마땅히 그 의미를 가질 수 있다나요. "일정한 체계를 가진 부호는 가로 방향으로 질서를 지켜가며 적어야 한단다." 나에게 그런 말을 해주었던 마음씨 좋은 노인은 더 이상 내 곁에 없지만 나는 그를 선명하게 기억합니다. 그의 생김새나 걸음걸이, 청어의 뼈 모양을 닮은 보조개, 무언가를 감출 때마다 드러나던 질 나쁜 버릇까지도 말이에요. 나는 한 번 보고 만지고 배운 것들을 좀처럼 까먹지도 헷갈려하지도 않으니까요. 어쩌면 그러한 나의 재주가 그로 하여금 나를 영영 떠나도록 만든 것인지도 모르겠습니다. 누군가의 기억 속에 언제까지고 남아 있게 되는 것을 끔찍하게 여기는 사람도 있으니까요. 그래, 맞아…… 그럴 만

도 해. 그래도 돼. 누구라도 말이야, 그러니까…… 글자의
모양이 반듯하지는 않더라도 한번 읽어보시겠어요. 한번
읽어보시겠어요,라는 문장은 거짓도 기만도 아닙니다. 나
는 정말로 글자를 적고 있으니까요. 보세요. 나는 말을 아
주 길게 하고 싶은 사람, 그러나 말을 아주 길게 하는 방법
을 배우지는 못한 사람입니다.

　내가 처음으로 배운 말, 고쳐 적자면, 나의 기억에서 가
장 앞에 놓여 있는 말은 짧은 물음의 형태를 가지고 있습
니다. 물음이 있다면 응당 그에 대한 대답도 함께 있어야
치우침이 없다기에 나는 물음과 대답을 같은 때에 배우고
같은 때에 익혔습니다. 물음과 대답. 세 음절로 된 단어와
네 음절로 된 단어. 누구야? 하고 노인이 물으면 허깨비야,
하고 내가 대답합니다.
　"누구야?"
　"허깨비야."
　"누구야?"
　"허깨비야. 나는 허깨비."
　기껏해야 외워둔 대답만을 되풀이하는 것인데도 노인은
지루하다는 기색도 없이 그래, 그래, 하고 나의 대답을 골
똘히 되풀이하여 들었습니다. "그래, 그래, 너는 허깨비다.

너는 허깨비……" 노인과 나는 날마다 같은 물음과 대답을 학습하며 함께 아침 시간을 보냈습니다. 아침이 지나고 정오에 가까워지면, 둥근 식탁을 사이에 두고 마주 앉아 식은 죽이나 통조림 살구를 고르게 나누어 먹었습니다. 체구의 차이가 꽤 큰 편이었는데도 어째서인지 매번 고르게 나누어 먹었던 것으로 기억합니다. 오늘처럼 찌는 듯 무더운 계절에 이따금 소나기가 내리는 날에는 얇은 이불을 바닥에 깔고 누워 빗소리를 자장가 삼아 짧은 낮잠을 자기도 했습니다. 낮에 꾼 꿈은 모자도 없이 태양 아래를 혼자 돌아다니는 꿈이었는데 말이에요. 노인도 나와 같은 꿈을 꾸고 있었는지, 그것이 아니라면 꿈속에서 빛에 얼룩진 얼굴로 언제나 깨어 있기만 하는 쓸쓸한 사람이었는지는 잘 모르겠네. 그것에 대해서는 알 수 있는 것이 정말이지 아무것도 없습니다. 묻지 않으면 들을 수 있는 대답이랄 것도 없으니까요. 지금에 와서 알 수 있는 것이라고는 내가 한낮에도 쉽게 잠에 빠질 수 있는, 성질과 태도가 그다지 고집스럽지 않은 어린이였다는 것뿐입니다.

잠을 그때 다 써버렸어.

다 써버렸다,라고 나는 생각합니다.

고대인들은 병이 들면 꿈에서 신이 치료제를 알려준다

고 믿었다*고 합니다.

나는 이것을 노인의 노트에서 읽었습니다. 노인은 때가 묻은 엷은 노란색 노트에 자신이 읽은 책의 단어나 문장들을 종종 옮겨 적었는데, 어떤 책의 문장을, 그러니까 어떤 책에서 읽은 단어와 문장 들을 옮겨 적은 것인지 그 출처를 따로 적어두지는 않았습니다. "고대인들은 병이 들면 꿈에서 신이 치료제를 알려준다고 믿었다." 노인은 이 문장을 믿고 싶었던 것일까요? 믿었을 거라고 여겨지지는 않는데요. 나 또한 이 문장을 믿지 않았습니다. 믿을 수 있는 것이 단 하나라도 있었다면 애초에 치료제가 필요하지 않았을 테니까요. 그러나 믿지 않았음에도 나는 노트에 적힌 그 문장을 다른 문장들과는 달리 여러 번 다시 읽고 싶었고 그러한 나의 의지에 따라 여러 번 다시 읽었습니다. 다시 읽을 때마다 무언가를 오염시키듯 서서히 더욱 믿지 않게 되는 것이었습니다.

보조가 맞지 않는 문장이야, 나는 생각했습니다. 보조가 맞지 않는 문장이야, 보조가 맞지 않는 문장. 무언가를 믿었는데 병이 들다니 보조가 맞지 않는 문장이다. 그리고

---

* 마르쿠스 아우렐리우스의 『자성록』(박민수 옮김, 열린책들, 2011)을 참고했다.

나서 더는 그것에 대해 생각하지 않았습니다. 더 생가하게
되었다면 나는 살기가 싫어졌을 테니까요.

　같은 장에 적혀 있었던 것들
　: 4월 27일. 나는 그런 얼굴을 잘 알고 있다. 청구서. 목덜
미. 종소리. 항공료. 소금. 비참한 대용품. 폐기된 형태들.
"문을 연 데가 하나도 없어." 어리고 멍청한 바보. 시가전
차. 보행 신호. 마마이트. 금방이라도 일어나 나갈 것처럼
보였다. 너는 그 일을 하면 안 됐었다. 단 냄새가 나는 화학
성 증기. 박엽지. 자두가 든 나무 상자. 여름살이. 상록수.
구기터널. 귀가 먹먹하다. "문을 연 데가 하나도 없어."

　내가 기억하기로 노인은 많은 치료에 시달리는 사람이
었습니다. 노인이 처음부터 그처럼 지독한 병자였던 것은
아닙니다. 노인이 처음부터 나에게 노인이었던 것은 아닌
것처럼 말이에요. 노인은 남편이라는 자격을 오래전에 잃
었으나 여전히 한 사람의 아버지였고, 도내에 있는 고등학
교에서 화학을 가르치던 선생님이었습니다. 선생님이라는
직업은 학생들을 가르치는 직업, 자신의 의견을 번복할 기
회가 좀처럼 주어지지 않는 직업이기에 나는 그의 직업이
그의 기질과 썩 어울리지는 않았을 거라고 짐작합니다. 어

려웠을 것입니다. 도처에 알 수 있는 것이 하나도 없는데 몇 가지도 넘게 알고 있다고 말해야 한다는 것은 이거 아니야, 나는 몰라, 왜 물어봐, 야 내가 그걸 어떻게 알아? 하고 되묻지 못하는 직업이라는 것은 분명하게 어려웠을 테니 생계를 위해 계속하여 종사하기가 다소 힘이 들었을 것입니다. 코팅지를 덧씌운 주기율표를 둥글게 말아 지관통에 넣어 가지고 다니던 남자. 소매가 해진 봄잠바를 겨울까지 입고 다니며 소리가 울리는 빈 복도를 발소리 한번 내지 않고 걸어 다니던 남자. 수업 도중에 눈을 가늘게 뜨고 무언가를 가늠하고 있는 것처럼 굴어 학생들을 긴장하게 만들고 정작 자신은 아무 일도 아니었다는 듯 다시 뒤를 돌아 물의 증기압력에 따른 에탄올의 기화 곡선을 이어 그렸을 키가 크고 등이 굽어 반쯤은 기울어진 남자. 엔탈피, 엔트로피, 상평형, 발열반응, 수학적 공리. 상태가 나쁜 분자결정. 그는 또한 나의 외조부이기도 했습니다.

나의 외조부였던 시기가 있었다,라고 나는 적습니다.

외조부와 노인. 도무지 한 사람이라고 여겨지지 않는데도 한 사람입니다. 내가 열 살이 되기 이전의 어느 해, 나의 어머니가 스스로 세상을 등진 그해 여름 이후로 나의 외할아버지는 단번에 노인이 되었습니다. 물을 것도 없이 명사

그대로 노인老人. 나이가 들어 늙은 사람. 명사는 의미상 존재를 가리키는 단어일 뿐이므로 누가 되었든 그저 노인이기 때문에 그가 어떤 기억을 가지고 있는지, 어떤 친근한 불행과 불운이 잠자코 그를 기다리고 있었는지 덧붙여 어떤 것을 후회하고 그리워하거나 견딜 수 없어 하는지 따위는 아무런 상관이 없고 어떠한 이유도 될 수 없단다. 그러니까 나는 노인, 나이가 들어 늙은 사람. 장례를 마치고 돌아와 말을 잇는 외조부는 화를 내고 있지도 울고 있지도 않았습니다. 잘은 모를 테지만 아마도 웃고 있지도 않았을 것입니다. 외조부의 말처럼, 외조부는 완전한 노인이 되었으니까요. 노인이 된 그가 알겠지, 하고 묻기에 알겠어, 하고 나는 대답했습니다. 엄마가 죽었다. 외할아버지가 노인이 되었다. 나는 그런 것쯤은 배우지 않고도 잘 알았습니다.

　정신 활동에 우연히 끼어든 무질서를 치료하기 위해 노인이 병원에 가고 나면 나는 주로 혼자 집에 남아 있었습니다. 노인과 함께 살았던 집은 연립주택의 1층으로, 거실과 부엌이 이어져 있고 천장이 낮아 실제의 넓이와 부피보다 비좁게 느껴지는 곳이었습니다. 싱크대에는 매듭 모양으로 작게 손상된 자국이 여러 개 있었고 신발장 앞에는 분갈이를 한 식물이, 그러니까 분갈이를 하여 적당한 크기의 토분土盆에 옮겨 심은 유실수가 한 그루 있었습니다. 유주나무였던 것으로 기억합니다. 실내에서 자랄 수 있는 종이 아니었는지 단단한 잎이 마르지 않고도 자주 떨어지고 꽃이 피거나 열매가 열린 적이 단 한 번도 없었습니다. 그리고 작은 방이 둘, 욕실이 하나, 베란다 끝에는 노인의 빈 화주火酒 병을 모아둔 보일러 함. 아감색 벽지를 바른 벽에 등을 기대고 거실에 앉아 있으면 대부분의 공간이 눈에 들어와 혼자 있어도 마음이 불안하지는 않았습니다. 노인이 수업 모형을 만들 때 사용하는 점토를 조각조각 뜯어 바닥에 늘어놓으면 집 안이 온통 골무 냄새로 아득해지고는 했는데 말이에요. 덩굴식물이나 울타리를 두르지 않은 1층인데다가 멀지 않은 곳에 작은 공원이 있어 한여름에 베란다로 나가 창을 열고 잠깐 기다리면 장모종의 개가 얼음을 씹어 먹는 소리를 들을 수도 있었습니다. 매일은 아니더라도 종종 그런 소리를 들을 수 있을 때면 왜인지 크게 졸리지도 않은 것 같았고 아침마다 몸에 남아 있는 더운 기운이 서서히 사그라드는 것도 같아 나는 열어둔 창 앞에 쪼그려 앉아 눈에 보이는 것들을 보며 개가 다가오는 발소리에 귀를 기울였습니다. 같은 개인가, 아닌가. 다른 개인가, 아닌가. 얼음을 먹고 있나. 아니야, 오늘은 그냥 지나가기만 하려나 잘 모르겠다…… 두 발을 움직여 공원을 걷는 사람들과 네 발을 가진 개의 발소리. 벤치에 앉아 햇볕을 쏘이는 노인들. 바람에 잎이 엇갈려 흔들리는 소리. 당시에 나는 등교하는 날이 꽤나 드물었기 때문에 지각한 아이들이 학교를 향해 달려가는 모습을 가만히 지켜보기도 했습니다. 그러다 자전거를 타고 지나가는 누군가를 발견하기라도 하면 머릿속에서 자꾸 바퀴가 헛도는 소리가 들려 창을 닫고 안으로 들어와 같은 자리를 몇 번이고 맴돌아야 했는데 말이에요. 담임선생님은 그것이 작은 문제가 아니라고 했습니다. "이것은 작은 문제가 아닙니다." 담임선생님은 어느 날 집에 방문하여 노인과 마주 앉아 말했습니다. 그러면 노인은 응당 그에 대한 대답을 했습니다. "그런가요." 노인의 대답을 들은 담임선생님은 다시 한번 이것은 작은 문제가 아닙니다. 그런가요. 아이가 왜 이런 행동을 하는 건가요? 저는 담임으로서 알아야 하겠습니다. 글쎄요. 저는 잘 모르겠습니다. 그러나 어머니가 죽은 것을 알게 된 이후로는 모든 것이 이해가 된다는 듯 그래, 그러니까 나의 어머니가 스스로 죽어 교실의 온당한 질서를 소리 없이 해치고 있는 내 행동의 모든 원인까지도 대신 다 증명을 해주었다는 듯 담임선생님은 오전에 따로 전화를 걸어와 나의 상태를 묻는다거나 노인과 마주 앉을 시간을 다시 한번 약속하여 다시 한번 방문을 한다거나 하는 번거로운 일들을 더는 이어가지 않았습니다. 나는 그것이 몹시 좋았습니다. 무언가를 스스로 증명하는 일은 나에게 있어 아무래도 어려운 일이었으니까요. 하지만 노인은 나와 같지 않았습니다. "선생님이 부르지 않더라도 학교에 가야지. 다른 아이들은 그렇게 한다." 노인은 집을 나서기 전, 병원에 가거나 또는 학교에 출근하기 전 미리 암기해둔 버릇처럼 이와 같은 말을 되풀이했습니다. "학교에 가야지. 학교에 가서, 바깥에 나가서, 다른 사람들을 봐야지. 다른 사람들은 그렇게 한다. 끔찍하겠지, 그래도 다른 사람들은 그렇게 해." 그렇게 하는 다른 사람들을 계속 보았다면 나의 무엇이 달라졌을까요? 나는 아무것도 보고 싶지 않았는데요. 노인의 말을 따라 다른 사람들을 관찰하면 할수록 내가 그들과 자연스럽게 어울릴 수는 없을 거라는 증상과 공포만이 선명하게 드리울 뿐이었습니다. 그래, 맞아…… 자연스럽게. 억지로 꾸미지 아니하여 이상함이 없이 순리에 맞고 당연하게…… 당신이 병동부에 스스로를 가두고 나를 아버지가 있는 곳으로 옮겨두었을 때에도 말이에요. 나는 푸른 박스에 담긴 나의 물건들과 그 앞에 서 있는 나의 두 발을 살피고 아버지의 가족들, 그러니까 아버지와 그의 여러 가족을 당신의 말을 따라 오랫동안 관찰해보기도 했었는데 말입니다. 오랫동안 보아도 괜찮았습니다. 그럴 수가 있었어, 그것쯤은 안 될 것도 없었나. 그때의 내 눈에 그들은 아주 자연스럽게만 보였습니다. 그러니까 어째서인지 그들은, 어느 곳에 머물고 있든 혹여 낯선 장소에서 길을 잃거나 헤매다가 넘어지더라도 결코 억지로 꾸미지 아니하여 이상함이 없이 순리에 맞고 당연하게 물을 것도 없이 아주 당연하게 존재할 수 있을 것처럼만 보였어요. 그러나 나는 너무도 나 자신이었기 때문에, 마치 그들이 가꾸어둔 정원을 망가뜨리기 위해 태어난 것처럼 보였습니다.

모든 원인들. 사실들.
기쁜 소식이 있어.

그날, 자판기에서 음료를 뽑을 동전을 두고 와 올라왔던 충계를 다시 내려가야 했을 때 나는 그 말을 떠올렸습니다. 기쁜 소식이 있어.

마침 떠올려졌기에 떠올린 것입니다. 그 말을 떠올리는 일에 어떠한 이유랄 것은 없었습니다. 그 말은 나에게 놀이와도 같은 것이었으니까요. 놀이는 그것의 원인이나 이유를 생각하지 않고 다만 일정한 규칙 또는 방법을 정하여 노는 일. 팔과 다리가 다 자라 이미 어른의 몸집이 된 지금에 와서도 나는 이따금 혼자 중얼거리곤 합니다.

기쁜 소식이 있어.

기쁜 소식이 있어,라는 말을 하거나 적으면 그 소식이 무엇인지 지어내거나 지어내지 않는 것이 내가 정한 놀이의 규칙이고 방법이었습니다.

기쁜 소식이 있어.

목이 말랐는데 식탁에 물이 있었어.

비가 내릴 거라고 했는데 정말로 비가 내려.

소포가 왔어.

베개에서 아직도 구운 과일 냄새가 나.

아침부터 저녁까지 개를 따라다녔어.

큰 장화를 신고 비옷을 입은 꿈을 꿨어.

옆자리 애를 패버렸어. 몸에는 피가 많아.

잘 잤어.

같은 꿈을 오래 꿨어.

아빠를 실망시켰어.

웃었어.

물에 빠져서 심장 소리를 크게 들었어.

공원에 있는 노인들이 아침에 빵을 많이 먹었다고 했어. 배 속에서 곡물이 불어 배가 많이 부르다고 했어.

총알을 주웠어.

도시락을 만들었어.

이제 오른손으로 글자를 식어.

넘어지지 않고 빨리 걸을 줄 알아.

고야高野에는 사연이 없어도 슬픈 요괴가 있대.

거짓말이야.

거짓말이 아니야.

자두를 먹었어.

관제엽서라는 단어를 배웠어. 우편엽서와 같은 뜻이야.

친구가 생겼어.

양말을 찾았어.

나를 좋아하는 사람이 있어.

걷다가 사람들 뒤로 줄을 섰어.

신세가 많았습니다, 하고 인사하는 여자를 봤어.

가끔은 규칙을 어기고 적고 싶은 말을 적은 날도 있었습니다. 기쁜 소식이 있어.

지금 어디에 있어?

나는 아직 여기에 있어.

그날, 전날 비가 많이 내려 풍경이 온통 물에 번진 듯 흐릿하게만 보이던 환한 날, 나는 평소와 다를 것 없이 집 근처 지하에 있는 한 술집에서 일을 하고 있었습니다. 예배

당禮拜堂이라는 이름을 간판에 새긴 작은 가게입니다. 가게의 이름이 가지고 있는 본래의 뜻과 실제 가게의 성질이 같지는 않습니다. 그것이 기만이지, 그럼에도 사람들은 부지런히 이곳을 찾아옵니다. 천장에서부터 길게 내려오는 선반 위에 술을 가득 채운 유리병들이 빈틈없이 세워져 있어 그것들이 언제고 떨어져도 그다지 놀랄 것도 없다고 생각되는 이 가게에 사람들은 부지런히 들러 주문한 술을 입안으로 흘려 넣고 말을 하고 이야기를 나누고 나는 서서 그것을 듣습니다. 나에게 하는 이야기가 아니어도 들어요. 나는 들리는 것이 있으면 이해하지 못해도 전부 들으니까요.

같은 날 들었던 말들

: 제가 아까 말한 곳이 이곳이에요. 괜찮으세요? 생각 중이야, 말 걸지 마. 계단 조심해요. 폐쇄된 공간에 있으면 이곳이 내가 볼 수 있는 것의 전부라고 생각될 때가 있지요. 젊은이들이 흔히 겪는 오만에 가까운 그 상태를 나는 많이 보아왔습니다. 그러나 그것은 문제가 되지 않지요. 인간의 수명은 우주에 빗대어 볼 때 약 4초, 중요한 것은 언니 집이 너무 좁아서요. 안 보이는 걸 어떻게 봐요. 이 제품의 불행은 소음을 내지 못한다는 것에 있는데 왜요, 나는 눈이

두 개뿐인데요. 동신아, 여기 멋지다. 전염병 냄새가 어두
워서 아무것도 모르겠어. 그쪽은 눈이 많으세요? 피곤하세
요? 네가 주문해 너 피클 싫어해? 오이 싫어. 오이가 피클
이야? 아까 마로니에공원에서 우리 더러운 거 봤잖아. 거
지 봤잖아. 거지가 화가 난다고 막 달려오는데 나는 나한
테 달려오는 줄 알았거든 걔 거지 아니었어 그런데 아니더
라, 그냥 달리기만 하더라. 불쌍하게. 95번 질문: 이 중에서
가장 쓸모없는 것은? 대답: 다 쓸모가 있다. 한번 촛불을
꺼보자 맨발로 차를 몰아보자 말투가 왜 그래? 생각 중이
야, 말 걸지 마. 가만 안 둔다. 나도 너처럼 생각을 해봤어.
살았는지 죽었는지 알고 싶어서.

　가게의 문을 여는 시간은 오후 6시이지만 나는 보통 때
한 시간 반 일찍 출근하여 동료와 함께 식재료를 손질하
고 과일이나 얼음, 기타 재고, 난장을 피우다가 쓰러진 손
님을 실을 휠체어의 상태를 확인합니다. 식기를 따뜻한 물
에 헹구고 당일에 사용할 행주를 꺼내고 지상에 있는 자판
기에서 쌀알이 들어 있는 음료를 하나 뽑아 마신 뒤에 다
시 계단을 내려와 가게의 문을 열고, 새벽까지 오고 가는
사람들을 구경하고 그들의 말을 듣고. 바닥에 떨어뜨린 올
리브 몇 알을 줍지 않고, 제조에 실패한 12온스 치치를 다

시 만들지 않고, 배경으로 틀어둔 음악을 바꾸지 않고, 도수에 따라 알맞은 크기의 얼음을 찾아 잔에 담거나 담지 않으면서 노인의 얼굴이나 어머니의 목소리 같은 것은 떠올리지 않고 어쩌면 모조리 잊었다고 해도 좋을 만큼 조금도 떠올리지 않고 졸리다, 자고 싶다, 누가 머리 위에 자꾸 찬물을 쏟고 있는 것 같다. 누구야? 하고 혼자 묻는 날의 지속, 그날도 이와 같았습니다. 다를 것이 없었습니다. 다를 것이 전혀 없었는데 말이에요. 어째서 나는 그런 장면을 떠올리게 되었던 것일까요? 어째서 내가 그런 장면을 떠올리게 되었던 것인지 새삼 떠올리기는 했던 것인지 나는 정말로 그것을 알고 싶다고 생각하고 있는 것일까요? 그날, 전날 비가 많이 내려 풍경이 온통 물에 번진 듯 흐릿하게만 보이던 환한 날, 나는 조용한 거리에 서서 혼자 느슨하게 웃고 있는 얼굴의 노인이 나에게 어떠한 기별도 없이 이미 오래전에 병동에서 죽었다는 이야기를 상상하고 그 상상 속에서 노인이 죽는 순간의 얼굴을 그러니까 별다를 것은 없을, 그러나 내가 경험하지 못했고 앞서 종결되어 결코 경험할 수는 없게 된 그 순간 노인의 얼굴을 꿈처럼 나 자신을 기만하여 또 한 번 경험하고 있었습니다. 나는 눈을 감은 노인이 반듯하게 누워 있는 모습을 지켜보았습니다. 말없이 조용한 얼굴. 혼자 높이 쌓아 올렸을 탁자

위의 블록들. 게임기. 커피. 수중기. 커튼과 달력. 아마포를 씌운 과제 노트. 야, 너는 좋겠다. 나는 아직 여기에 있어. 그날, 전날 비가 많이 내려 풍경이 온통 물에 번진 듯 흐릿하게만 보이던 환한 날, 술에 취해 서로를 부축하며 계단을 오르는 남자들의 목소리에 일순간 상상에서 깨어나 그들의 대화를 다시 이어 들으며 너도 알잖아, 진짜 개 같은 상황이야. 우리는 항상 돌아갈 곳이 있어. 그렇지만 어디로? 여기는 형편없어. 너무 더워. 그래서 뭐가 잘 안되는 거야. 우리는 자립심이라는 게 없는 거야…… 그러니까 그들의 대화를 이어 들으며 말 없는 허공에 시선을 놓아두었던 그날 늦은 저녁, 나는 내 목소리로 들리는 하나의 생각을 그들의 목소리 사이에 비스듬히 끼워 넣고 중얼거렸습니다.

"그만 나가자."

나가자, 하고 나는 생각했습니다.

기쁜 소식이 있어.

나는 일을 마치고 가게에서 나와 계단을 올랐습니다. "안녕." "잘 가, 내일 봐." 가게에 남아 마무리를 하겠다는 동료와 짧게 인사를 하고서 그런데 '잘 가'는 '잘가다'라는 한 단어가 아니라 부사 '잘'과 동사 '가다'가 함께 쓰인 말이라는 것을, 그래서 '잘가'라고 붙여 쓰지 못하고 '잘 가'라고 띄어 써야만 한다는 것을 동료는 알고 있었을까요. 잘 가라는 말은 한 단어가 될 수 없는데 말이에요. 나는 계단에 드리운 나뭇잎 그림자를 발로 밟으며 혼자 계단을 올랐습니다. 어째서인지 바깥의 풀냄새에 기가 죽어 고개를 들지 않고 계속 걸었습니다. 좋은 날이었습니다. 바람도 적당하고 날이 밝으려면 아직 한참 시간이 남아 있어 더 오래 걸을 수 있었습니다. 실제로 몸 안에 햇빛을 비출 수는 없겠지만, 나는 날이 밝으면 내 몸 곳곳에 숨어 있는 어두운 기억들이 겁을 먹고 단번에 죽어버릴까 봐 두려웠습니다. 단지 그 기억들만이 나를 살게 한다고 생각했으니까요. 나는 지금까지 밝고 환한 곳을 피해 다니며 나의 어두운 기억들이 겁을 먹지 않도록 많은 노력을 했습니다. 거짓말이 아닙니다. 나는 정말이지 살기 위해 많은 노력을 했습니다. 매일같이 나에게 사람이 먹을 수 있는 음식과 물을 먹이고 병원에 다니고 여러 종류의 약을 처방받고 그것들을 사기 위해 일을 하고 돈을 벌고. 사람들이 하는 말을 알아듣기 위해 귀를 기울이고 학교에 다니고 문장의 배열을 외우고 책을 읽고 시키지도 않은 일기를 적고. 사람들이 하는 말을 기억해두었다가 상황에 맞게 따라 말하고 나를 사랑하는 사람이 있다면 그를 따라 사랑하고 아이가 생기면 아이를 지우고 한 명이 죽으면 한 명이 태어나야 하겠지 어디에서 누가 죽어 내 배 속에 손톱만 한 물질이 생겼다가 말았을까 물으면 들을 수 있는 대답은 당분간 유제품은 드시지 마세요. 또 뭐가 있을까, 나는 아버지와 아버지의 가족들에게 해가 되지 않기 위해 그들의 눈에 띄지 않게 조심하고 어머니나 노인에게서 물려받은 그래, 그러니까 언제인가 나의 아버지가 말하기를, 멍청한 유전병에 가까운 그 못된 기질을 어설프게 드러내지 않게 주의를 기울이고 언제나 알아서 한 발 뒤로 물러나 언제고 그들이 원할 때 그들이 죄책감을 느끼지 않을 만큼 내가 자라 그들이 마음껏 원할 수 있을 때 자연스럽게, 억지로 꾸미지 아니하여 이상함이 없이 순리에 맞고 당연하게 그들의 곁을 떠날 수 있도록 무엇이든 너무 늦지 않게, 준비하겠다고 혼자 다짐하고 다짐을 지키고 더는 병원에 가지 않는 이유에 대해, 더는 돈을 지불해가며 비굴하게 꿈도 없는 긴 잠을 사려고 하지 않는 이유에 대해 누군가 묻지 않아도 어렵지 않게 증명할 수 있도록 인과를 생각하고. 그런데 어째서 증명해야 하나 내가 무엇을 원하고 원하지 않는지에 대해서는 어째서 다른 이들과는 달리 증명이라는 것이 필요한가 되물으면 그야 내가 증명을 하고 싶어서 그래, 수긍하고 벽에 걸린 시계와 달력을 확인하여 매번 하루가 그다음으로 넘어갔다는 것을 스스로에게 이해시키고 끊임없이 두 발을 움직여 바깥을 향해 걷고 달리고 졸리다, 자고 싶다, 자기 자신에게서 보다 빨리 달아나기 위해 자전거를 타고 차도에 뛰어들었을 나보다 나이 어린 어머니를 떠올리고 그런데 어머니 차를 타고 달릴 수도 있었을 텐데 어째서 자전거야 대답을 듣지는 못하고 나는 그렇게 어렵게 죽지는 않는다. 그렇게 어렵게 몸을 박살 내면서 죽지는 않아. 나는 허깨비, 없는데 있는 것처럼 보이는 것이 박살이 날 수는 없지.

즐거운 것을 생각하자.

즐거운 것이 무엇인지 배우지 않아 모르겠다.

생각하고 싶은 것들을 생각하자.

생각하고 싶은 것들
: 커튼이 올라가는 소리. 라디오 체조를 하는 병자들. 송진 냄새. 나일론 끈. 정종. 백주. 접시에 놓인 포도. 나무 탁자. 달걀말이를 좋아하는 당직관 이야기. 그저 소리를 시

험해보려는 거야, 라는 말.

커튼이 내려가는 소리.

"가급적 술은 마시지 마세요." 지난달 의사는 나에게 말했습니다. "그러니까 다시 한번 설명하자면 잘 들으세요. 일단 증상의 원인을 찾아야 하는데 사람의 수면 요구량은 보통 유전적으로 결정이 됩니다. 환자분의 가족 중에 혹시 환자분보다 더, 그러니까 전혀 잠들지 못했던 분이 있었나요? 있었겠지요. 전혀 잠들지 못해도 생활에 지장이 없었던가요?" 의사가 물었을 때 나는 아무 생각도 하지 않고 의자에 앉아 책상 아래 놓여 있는 나의 손가락을 세고 있었습니다. 나의 손가락은 모두 열 개. "불면증은 만성 통증이기 때문에 뇌의 문제에서 시작되었다고 하더라도 신체에 분명한 영향을 끼치게 됩니다. 이제부터는 실제로 몸이 많이 아플 거예요. 한계가 왔을 겁니다." 의사가 말했을 때 나는 여전히 같은 의자에 앉아 있었고 겁을 주는 것에 비해 몸이 많이 아프지는 않았고 졸리다, 자고 싶다, 내가 기억하고 있는 노인의 태도를 따라 하고 싶어져 그런가요, 하고 대답을 했습니다. "그런가요." "그렇습니다." "그러면 어떻게 해야 하나요?" 나는 물었습니다. "약을 잘 챙겨 먹고 일정한 시간대를 정하여 잠들기 위해 노력하고 수면을 유지한 시간을 적어 오시면 됩니다." 이미 몇 번이나 들었던 말이기에 나는 따로 대답을 하지는 않았습니다. "그러면 어떻게 되나요?" 나는 물었습니다. "자살 위험이 줄어들고 혈장 농도가 서서히 진해져 안전한 수면 효과를 기대할 수 있습니다." 나는 또 물었습니다. "그렇게 되면 어떻게 해야 하나요?" 의사는 더는 대답하지 않았습니다. 나의 물음이 성가신 것 같았습니다. 그렇게 되면 어떻게 해야 하나. 자살 위험이 줄어들고 혈장 농도가 서서히 진해져 안전한 수면 효과를 기대할 수 있게 되면 나는 어떻게 해야 하나. 한 번도 겪어본 적이 없는데 말이야…… 나는 진료실을 빠져 나와 으레 받아 오는 비타민 한 알을 입에 넣고 가만히 서 있었습니다. 내가 잠들지 못하는 원인에 그 사람들이 전부 무슨 상관이라는 말인가요, 나는 묻는 것을 포기하고 간호사에게 처방전을 받아 말없이 병원을 빠져나왔습니다.

커튼이 내려가는 소리.

지금, 카페의 커튼이 내려가는 소리에 나는 잠깐 눈을 감았다가 뜹니다. 앞서 잠깐 눈을 감았다가 뜨고 나서 나는 잠깐 눈을 감았다가 뜹니다,라고 적습니다. 비가 그치고 햇빛이 강해지는 시간대인 것으로 보아 이 자리에 꽤 오래 앉아 있었던 것 같습니다. 카페의 창은 아주 크고, 녹음이 우거진 인공 정원이 반투명한 커튼에 가려져 흐릿하지만 한눈에 보입니다. 나는 지금 바깥에 있습니다. 바깥이라고 여겨지는 장소에 나와 이곳을 이곳이라고 적고, 주문한 과일 음료를 마시며 혼자 의자에 앉아 있습니다. 나는 그것을 잘 알고 있음에도 접힌 자국이 남은 종이에 같은 말을 되풀이하여 적습니다. 나가자. 나가자.

그만 나가자.

내가 잠깐 눈을 감았다가 뜬 사이 눈앞에 보이는 것들은 햇빛을 반사하는 정도가 달라졌을 뿐 조금도 달라진 것이 없습니다. 아니지, 조금도 달라지지 않았다니, 분명하게 많은 것이 달라졌습니다. 사물들은 변함없이 그 모양으로 놓여 있는 것처럼 보이지만 어느 만큼 이동했는지 내가 가늠하지 못할 일이고, 사람들은 각자에게 남은 숨을 뱉으며 분명하게 이동하고 있습니다. 그들은 두 발을 움직여 제 몸을 이끌고 한 번 또는 여러 번 자리를 옮깁니다. 있던 자리를 떠나 또다시 다른 자리로, 나아가 또다시 다른 장소로도 이동을 합니다. 다른 장소로 이동한 사람들은 내 눈에 보이지 않으므로 나는 더는 그들을 볼 수 없게 됩니다. 어떤 지점을 기준으로 두고 자리를 옮기는 사람들. 규정이랄 것 없이도 분명하게 이동을 하는 사람들. 나는 이동에 관한 이야기를 책에서 읽은 기억이 있습니다. 누군가 이동을 하고 싶다는 이야기, 누군가 정말로 이동하고 있거나 이동했다는 이야기 혹은 그런 이야기를 쓰고 싶다는 이야기, 그런 이야기가 앞서 도무지 씌어지지 않아 읽을 기회가 없었다는 이야기. 그래 맞아, 아마도 쓸 수가 없었을 거야. 물론이지. 누구라도 말이야, 그러니까…… 나는 이동하지 않고도 이동에 대해 생각합니다. 이동에 대해 생각하며 앉은 자리에 변함없이 그 모양으로 앉아만 있습니다. 겪거나 겪지 않은 모든 것을 잊어버리지도 않고 그냥 있어요. 그럴 수 있지, 그것쯤은 안 될 것도 없다. 어떻게 하든 나는 흉내만 내는 가짜이고, 진짜는 태어나지도 않았으니까요.

이곳 카페에서 나와 조금만 걸어가면 빌딩 숲 사이에 자리 잡은 넓은 공원이 있습니다. 눈에 보이는 공원에는 타원형의 분수대가 있고 벤치가 있고 일정한 간격을 두고 심긴 나무들이 있습니다. 장난치듯 양손으로 얼굴을 감싸고 걷는 아이들이 있고 그 옆에는 어른들이 있고 그중에는 서로를 가족이라고 부르는 사람들도 있겠지요. 그들과 함께 산책하는 작은 개가 있고 그들과 함께 산책하지는 않는 고

양이들도 있습니다. 찌는 열기, 고무호스, 깨진 벽돌 무더기, 카세트 녹음기, 발을 구르는 소리. 가끔은 공원 관리인의 눈을 피해 딱딱하게 얼린 아이스크림을 파는 노부부가 나타나기도 했는데, 스티로폼 박스에 담긴 아이스크림은 무엇을 고르든 설탕 맛이었고 노부부는 얼굴을 전부 드러내고 있었던 것으로 기억합니다. 입을 벌리지 않고 손가락으로만 말했기에 누구도 그들의 말을 그들이 원하는 만큼 알아들을 수는 없는 것 같았습니다.

나는 카페에서 나오지 않고 여전히 같은 자리에 앉아 공원을 걷고 있는 나를 떠올립니다. 나는 그런 일에 재주가 있습니다. 현재를 담보하여 경험하지 않은 과거를 기억하고 터무니없는 무언가를 기대하는 일. 나는 그런 일에는 누구보다 뛰어난 재주가 있다고 자신합니다.

이제, 걷고 있는 내 옆으로 노인이 다가와 함께 걷습니다. 어디에선가 읽은 것에 따르면, 한낮에 죽은 사람에게서는 에탄올을 잔뜩 붓고 활활 태운 냄새가 난다는데 어째서인지 아무런 냄새도 나지 않습니다. "아무 냄새도 안 나." 나는 말합니다. 노인은 그것을 듣습니다. "그치." 노인이 대답합니다. 노인과 나는 모퉁이를 돌아 천천히 공원을 벗어납니다. 다리를 건너며 빗물에 젖은 차도를 지날 때에는 어머니가 더는 못 쓰게 된 모습으로 나타나 노인과 나에게

서 조금 떨어져 걷습니다. 어머니는 차도가 끝나는 자리에서 뒤를 돌아 사라집니다. 나는 그 뒷모습을 그렇게 오래 바라보지는 않습니다. "허깨비는 기氣가 허하여 착각이 일어나, 없는데 있는 것처럼 또는 다른 것처럼 보이는 것 그러니까…… 여기에서 기다려. 이제부터 내가 길을 알려줄 거야, 별거 아니야." 노인이 잠깐 발을 멈추고 작게 중얼거립니다. 나는 그것을 듣습니다. "알겠어." 나는 대답합니다. 그사이 시력이 많이 나빠졌는지 노인은 자꾸 눈을 비비며 앞을 노려봅니다. "나는 지난 몇 년 동안 여기를 돌아다녔어. 전차선로, 제초기, 담뱃잎 더미, 우유병, 경찰관, 교통정리 표지판, 각성제, 열에 들뜬 얼굴, 내가 그런 것들을 정말로 봤는지는 모르겠어. 허깨비는 기가 허하여 착각이 일어나, 없는데 있는 것처럼 또는 다른 것처럼 보이는 것 그러니까…… 남의 눈을 속이는 거야. 이상한 것이 아니야. 그래야 살 수 있으니까, 여기에서 기다려. 이제부터 내가 길을 알려줄 거야." 나는 노인이 길을 알려줄 때까지 잠자코 기다립니다. 그러나 노인은 길을 알려주지 않고 또 다른 이야기를 하기 시작합니다. "한번은 교문에서 새가…… 그 사람은 내 친구인데, 머리를 자꾸 땅에 박았어. 아마도 네 마음에 들었을 거야. 너와 닮지는 않았지만……" 그다지 길지 않은 이야기인데도 잘 들리지 않아 나는 노인에게 한 발 다가가 귀를 가까이합니다. 노인은 위험에서 달아나듯 한 발 뒤로 물러나 다시 눈을 비비며 앞을 노려봅니다. 노인의 눈가가 짓물러 빨갛게 그늘이 집니다. "그 뒤의 이야기는 몰라. 내가 그걸 어떻게 알아? 그 뒤의 이야기가 있어. 그런데 그 뒤의 이야기는 몰라." "할아버지, 무슨 말이 하고 싶은 거야." 노인은 입을 다물고 대답을 하지 않습니다. 나는 그의 태도에 화가 나지는 않지만 대답을 하지 않았으니 스스로에게 조금 괴로운 일이 되지 않을까 생각합니다. 해가 완전히 기울어 거리는 온통 조용하고 문을 연 가게가 하나도 없습니다. "문을 연 데가 하나도 없어." 노인은 제자리에 서서, 불 꺼진 건물에 비치는 자신의 모습을 바라봅니다. 나도 그 옆에 서서, 불 꺼진 건물에 비치는 나의 모습을 바라봅니다. 가로등이 많지 않아 어두운 거리 곳곳이 마치 빛에 얼룩진 것처럼만 느껴집니다. "내가 보이지?" 나는 묻습니다. 노인은 자신에게서 시선을 거두고 불 꺼진 건물에 비치는 나의 모습을 비스듬히 바라봅니다. 노인이 나와 눈을 마주칩니다. 왜인지 약간 화가 난 것도 같습니다. "그러지 마. 왜 그런 것을 물어." 노인이 묻습니다. 노인의 물음을 들은 나는 얼굴을 찡그리며 웃습니다. 노인은 웃지 않았기에 나도 소리를 내 웃지는 않지만, 이를 다 드러내어 내가 웃고 있다는 것을 보여줍니다. "나는 내가 보여서." 나는 대답합니다.

아직도 내가 보여서,라고 나는 적습니다.

다섯 개의 오렌지 씨앗

갑자기 나타난 여름비에 사람들 분주하게 머리 위로 손 올리고 달리는 모습 이어질 때 구아미는 아파트 5층 복도에 서서 혼자 말린 오렌지를 먹고 있었지 바짝 말렸는데도 어째서인지 축축한 말린 오렌지를 손끝으로 잡고 조금씩 베어 먹는 모습이 몸집이 작고 털이 듬성듬성한 어떤 절지동물을 연상하게도 했지만 구아미는 사람이었고 나는 사람이 아니지…… 나는 개, 개다 자꾸 중얼거리며 그 말이 마치 자신의 오랜 습관이라도 되는 것처럼 굴었지 그러나 그 말이 자신의 오랜 습관이라도 되는 것처럼 구는 것을 자기 자신 말고는 그 누구도 몰랐기에 칠이 벗겨진 시멘트 난간에 배를 기대고 그만 아래를 내려다보았지 40년 동안 무성하게 자란 나무들이 빗물에 차게 식은 가지를 매달고 구아미의 시야를 반쯤 가렸지 가려진 시야의 바깥으로 새

파란 이삿짐 트럭들이 보였지 재개발을 앞두고 많은 이웃
이 이사를 갔어 이웃들이 모두 어디로 자리를 옮기는 것인
지 어디가 어디인 줄 알고서 혹은 모르고서 어디로 자리를
옮겨 이곳을 과거의 자리로 혹은 과거로도 남지 않을 자리
로 여기게 될 수 있는 것인지 구아미는 알고 싶었지만 이
웃들과 가깝지 않았으므로 물어보지 않았고 질문을 듣지
않은 이웃들은 당연하게도 대답을 하지 않았지 구아미는
말린 오렌지를 이로 조각조각 씹으며 떠나는 이웃들의 머
리통과 떠나는 이웃들을 배웅하는 곧 떠날 이웃들의 머리
통을 세면서 얼마나 많은 수의 크고 작은 머리통이 이 아
파트에 남아 있는지 생각해보았지 눈을 감았지 바람이 불
었지 바람에 날리는 빗줄기 얼굴에 온통 맞았지 구아미의
조글조글한 눈꺼풀이 바람의 방향을 따라 조금씩 움직였
지 비냄새 흙냄새 딱딱하게 굳은 등유 냄새 수목새의 작은
창자 냄새 어느새 가을이 오려는 것도 같았고 나는 개, 구
아미는 말했지 알비옹 알비옹 그때 복도에서 네발자전거
를 타고 놀던 아이들이 구아미의 뒤를 지나치며 요란한 소
리를 냈지 알비옹 알비옹 알비옹 알비옹 복도의 길이가 그
다지 길지 않았으므로 아이들은 금방 복도 끝에 다다랐다
가 다시 구아미가 있는 쪽으로 되돌아왔고 알비옹 알비옹
한 대의 자전거에 함께 올라타 부지런히 발을 굴렀지 너무

시끄럽다 구아미가 양손으로 자전거를 밀어 넘어뜨렸지 자전거 바퀴에 발이 끼인 여자아이가 울었지 여자아이가 우니까 자전거 바퀴에 발이 끼이지 않은 남자아이도 울었지 둘은 서로 경쟁이라도 하듯 울었어 구아미는 아이들이 우는 모습을 지켜보았고 아이들의 울음이 계속되었지 주위를 둘러보아도 복도로 나와 아이들의 울음을 달랠 사람은 어디에도 없는 것 같아 부모가 없는 아이들이네, 단물에 노랗게 물든 손가락 조끼에 문지르며 중얼거렸지 할머니는 뭐예요 우리 하나도 안 시끄러웠는데 하나도 안 시끄러웠는데요 왜 우리를 괴롭혀요? 왜 괴롭혀요? 할머니는 너무 늙었어요 할머니는 금방 죽을 거예요 우리 아빠가 맨 끝에 집 늙은이는 무정부주의자라고 했어요 쓸모없는 아나키스트 아나키스트 아나키스트가 뭐야? 할머니는 금방 죽을 거예요 할머니는 못된 병에 걸렸어요 울음을 그친 아이들이 쉬지 않고 말했지 구아미는 아이들이 하는 말을 잠자코 들어주었지 나는 자유라는 것에 대해 늘 생각해 구아미가 입을 떼자 아이들이 고개를 저었지 또한 병에 걸리지도 않았어 저런 아무것도 모르시네요…… 아이들이 또다시 고개를 저었지 할머니처럼 늙는 것은 질병이에요 아이들의 말에 구아미는 고개를 끄덕였고 그렇다면 이곳에는 병자들밖에 없구나 자신이 넘어뜨린 아이들의 자전거를 바로 세워주고서 고맙습니다 아이들이 배꼽 위로 손 올리고 공손하게 인사할 때 등을 돌려 복도 끝에 있는 자신의 집까지 조용히 걸어갔지 구아미의 집은 언제나 현관문이 활짝 열려 있었으므로 빈 액자를 통과하듯 천천히 현관을 지나 안으로 들어섰고 뒤따라 초인종이 울렸지 그을린 유리 조각으로 바닥을 긁는 소리 옆집 낡은 선풍기 돌아가는 소리에 숨어져 잘게 부서지듯 무언가 이상한 것 같다고 구아미는 생각했지 초인종이 울리고 현관문이 열리는 것이 순서에 맞지 않아? 대답을 하는 사람은 없었지 구아미는 대답을 듣는 것을 포기하고 협탁에 놓인 시계를 보았지 정오를 조금 넘긴 시각이었고 구아미는 다섯 개의 오렌지 씨앗을 정성 들여 기르고 있었기 때문에 바깥에 있다가도 혹은 집에서 다른 일을 하고 있다가도 잠을 자다가도 매일같이 정해둔 시간이 되면 화분들이 놓인 자리 앞으로 되돌아오곤 했지 정오에 한 번 새벽 4시에 한 번 이렇게 두 번을 베란다에 나란히 놓여 있는 벽돌색 화분 다섯 개 벽돌색 화분 다섯 개에 각각 심어져 있는 다섯 개의 오렌지 씨앗 그것들에게 구아미는 매일같이 물을 주었지 아낌없이 물을 듬뿍 주고 물이 넘치면 닦아주고 너무 닦아주어서 또 모자라겠다 싶으면 다시 듬뿍 주고 때에 따라 검고 축축한 배양토와 액상 영양제도 잊지 않고 챙겨 주고 그러다 보면

214

작은 오렌지 씨앗에 싹이 나고 그 싹이 무럭무럭 자라는 모습이 눈에 보여 그것을 지켜보는 일은 좋다 좋고 또 기쁘다 동그란 투구 같은 모양으로 다 자란 오렌지 열매를 따다 기계에 넣고 납작하게 말려 먹으면 맛도 좋지 절대로 그냥 먹지는 않아 반드시 기계에 넣고 납작하게 눌러서 말려 먹어야 한다 말린 다섯 개의 오렌지 열매에서 나온 다섯 개의 오렌지 씨앗을 다시 잘 길러서 또 다른 다섯 개의 오렌지 열매가 열리게 하는 것이기에 씨앗을 이로 박살 내서는 안 돼 알지 아름아 나는 알아 내가 아는 것은 너도 알지 알고 있지 구아미는 평소에 자주 그런 말을 되풀이했지 자신이 다섯 개의 오렌지 씨앗을 기르는 것에 대해서 언젠가는 어엿하게 열리게 될 다섯 개의 오렌지 열매에 대해서 다섯 개의 오렌지 열매가 될 다섯 개의 기억에 대해서 다섯 개의 오렌지 열매가 된 다섯 개의 기억을 기계에 넣고 납작하게 말려 먹는 것에 대해서 바짝 말린 다섯 개의 오렌지 열매를 다 먹고 그것에서 다시 조그만 다섯 개의 오렌지 씨앗을 얻는 것에 대해서 구아미가 하는 혼잣말을 듣는 것은 구아미의 친구인 오아름뿐이었지 구아미의 친구인 오아름은 이미 오래전에 죽은 사람 시체가 되어 말을 할 수는 없지만 들을 수는 있는 존재로 구아미는 실제로 오아름에게 많은 말을 하려고 하지 않았지만 어째서인지 많은 말을 하게 되었고 자신이 무언가 말을 하게 된다면 그 말의 수신인은 반드시 오아름일 것이라고 당연하게 믿고 있었지 얘 있잖아 아름아 내가 요전에 말이다 재미있는 것을 하나 알게 되었어 그것이 무엇이었냐면 말이지 구아미의 말은 종종 그렇게 시작되었지 어딘가에서 자신도 모르게 배워 온 노인의 말투로 얘 있잖아 아름아 내가 요전에 말이다 재미있는 것을 하나 알게 되었어 그것이 무엇이었냐면 말이지 지난주에 편의점에서 타타와 쿠키를 사 들고 집으로 돌아오는 길에 어떤 어린 학생이 내 팔을 붙잡고 선생님 당신은 본래 개였습니다, 하고 말을 거는 거야 그 학생은 뒤로 메는 가방을 앞으로 멘 여자아이였다 여자아이의 손이 너무 뜨겁고 끈적거려서 나는 놀랐어 나는 서둘러 자리를 벗어나려고 했다 그런데 여자아이가 선생님 궁금하지 않으세요? 묻는 거야 물론 나야 개를 좋아하기도 했고 항상 무언가가 궁금하기도 했지만 무엇이 궁금한지는 사실 또 잘 알 수가 없어서 아니요, 대답했지 나는 대답이라는 것을 했다 그럼에도 선생님 선생님 아니요 아니요 선생님 아니요 선생님 아니요 실랑이가 이어지는 와중에 나는 무릎이 아픈 줄도 모르고 내달렸어 팔을 잡힌 감각이 한동안 사라지지 않아 몇 번이고 팔을 쓸어내렸지 그러니까 말이지 응, 그게 다야 정말로 그게 다였고 그 후로 구아미는 그 학생을 다시 만난 적도 같은 말을 건네는 다른 종교인을 만난 적도 없었지 그런데도 구아미는 학생의 그 말에서 벗어날 수가 없어 선생님 당신은 본래 개였습니다 선생님 저기요 선생님 아니요 주고받은 대화 아닌 말 몇 개를 떠올렸고 달리는 도중에 고개를 돌려 마주친 여자아이의 모습이, 새하얗게 쏟아지는 뙤약볕 아래에 서서 가만히 구슬땀을 흘리며 구아미를 노려보고 있던 작고 마른 여자아이의 모습이 마치 오아름을 따라 하는 것도 같아 꽤씸해 그날 집으로 돌아와 허공을 노려보면서 곰곰이 생각에 잠겼지 내가 개라니 어떻게 생각해 그동안 아무도 내게 일러주지 않았잖아 비닐봉지에 담긴 타타와 쿠키를 손가락으로 부스러뜨리면서 얼마간 생각에 잠겨 있던 구아미는 혼자 고개를 끄덕이고 그래그래 혼자 대답을 하고 잘 들리지 않게 혼자만 음도를 알고 있는 노래를 흥얼거렸지 아침에 일어나 창문을 열면 보이는 것은 커다란 외벽과 정방형의 숲 정방형의 숲은 언제나 커다란 외벽에 가려져 있고 커다란 외벽은 언제나 붉은 벽돌로 이루어져 있고 나는 나는 개가 될 거야 하루를 두 번 사는 개 골풀을 씹을 줄 아는 어른 개 개는 붉은 외벽에 코를 대고 언제까지고 같은 질문만을 되풀이해 지금 다만 큰비가 내리고 있는 건가요? 지금 다만 큰비가 내리고 있는 건가요? 대답은 다음과 그다

음으로 이어지는 투명하게 깨끗한 창문들 빈 액사에 가득
걸린 유효기간이 지난 얼굴들 오랜만이네요 개는 까진 코
를 아래로 떨구며 산보하듯 인사를 건네지만 인사를 받아
본 기억은 없고 자신에게 있어 인사는 결코 주고받는 것이
될 수 없으리라는 것을 잘 알기에 인사 같은 것을 기다리
지는 않아 안녕 나야 다녀왔어 날이 덥다 그런 말들을 더
는 기다리지 않아 안녕 나야 다녀왔어 날이 덥다 우산은
어디에 두고 온 거야 노래를 흥얼거리는 구아미의 모습은
즐거워 보였지 그렇다면 나는 아무 잘못이 없는 것 아닌
가? 노래를 흥얼거리던 구아미는 노래를 흥얼거리다 말고
물었지 개가 아닌 나는 단지 속임수였을 뿐이니 구아미가
웃었지 얼굴에 가득 피어 있는 주근깨가 단번에 우그러지
면서 길고 짧은 여러 선분을 이루었지 기분이 좋다 구아미
는 기분이 좋다고 생각하고 생각을 온종일 입으로 말해보
았지 기분이 좋다 기분이 좋다 정말로 기분이 좋잖아 생각
대로 기분이 좋아진 구아미는 그 후로도 자꾸 개라는 단어
를 중얼거리는 사람이 되었고 한번은 TV 채널을 돌리다가
완전한 개 자세Eka Pada Adho Mukha Svanasana라는 뜻밖의 상
급 요가 동작을 발견한 적도 있어 허리를 숙여 손으로 땅
을 짚고 한쪽 다리만을 뒤로 들어 올려야 하는 결코 만만
하지 않은 자세를 별도의 준비 동작 없이 한번 따라 해보

려다가 허리가 부러지고 말았지 한쪽 다리를 뒤로 들어 올린 채로 구급차에 실리는 구아미의 모습을 보게 된 이웃들은 견딜 수 없다는 표정을 짓거나 아무 표정도 짓지 않았고 어르신 행색이 대체 이게 무슨 일인가요 언젠가 구아미에게 함께 무덤가를 걷자고 말했던 젊은 경비원이 다가와 물어 하하, 하고 구아미는 웃었지 하하 하하 소리 내어 웃으면서 자신의 웃음소리를 들어보았지 노인의 웃음소리는 어째서인지 잘못 작동되고 있는 줄 모르고서 잘못 작동되고 있는 기계 소리와 같다고 구아미는 생각했지 조금 이상하네 구아미는 더욱 정확하게 웃어보려고 애써보았지 하하 하하하 하—하—하 핫핫하 하하하하하 왓핫핫핫핫 더욱 정확하게 웃어보려고 애쓸수록 구아미는 도무지 웃는 사람 같지 않았고 그것은 우는 사람도 애쓰는 사람도 아닌 그냥 구아미라는 사람이었지 하하하하하라뇨 어르신 부끄러운 줄을 아셔야죠 그렇게 돌연 폭삭 늙으셔서는…… 경비원이 말끝을 흐리며 구아미를 바라보았고 구아미는 웃음기가 가시지 않은 얼굴로 고개를 끄덕였지 그래요 맞습니다 사람이라면 부끄러운 줄을 알아야 하겠지요 질서에 대한 의지와 책임감으로 말입니다 그렇지만 나는 개입니다 그것은 모르셨군요 어르신은 개가 아니에요 정말 모르시겠어요? 모르겠다 꺼져라 누구세요? 저는 언젠가 당신에게 함께 무덤가를 건자고 말했던 젊은 경비원입니다 알고 있다 어르신 본디 개는 크게 짖는 법이니까요 개처럼 한번 크게 짖어보시겠어요 그러면 제가 당신을 영영 잊을 수가 있겠습니다 그럴 수는 없지요 왜 없으세요 개가 개처럼 짖을 수는 없는 법이지요 무엇보다 나는 짖기 싫습니다 왜 싫으세요 그런 모양새에는 관심 없어 구아미는 단지 좋은 기분 그러니까 자신이 개가 된 기분을 내는 것에만 모든 노력을 기울이고 있었지 구아미에게는 그런 것들이 중요했으니까 말이야 단순히 기분을 내는 데 모든 노력을 기울이고 모든 노력을 기울여 얻어낸 자신의 기분에 속아 남은 삶을 지속하는 것 스스로 자신을 속이고 스스로 자신이 자신에게 속고 있다는 것을 분명하게 아는 것 구아미는 그런 것들을 중요하게 여기는 사람 그런 것들을 더는 외면하지 않으려는 사람 죽고 싶다는 말만 되풀이하면서 결코 죽지는 않고 아주 오래도록 살아가기로 결심한 사람 하지만 나는 여전히 죽고 싶다 죽고 싶다 죽고 싶어 정말이지 죽고 싶다 구아미는 같은 말을 중얼거리면서 단단하고 뾰족하게 자란 오렌지 잎사귀를 마른 헝겊으로 여러 번 닦아내었지 물기가 마른 오렌지 잎사귀에서 고르게 윤이 났고 고르게 윤이 나는 그 잎사귀는 구아미가 기르는 오렌지 씨앗에서 발아한 것이 아닌 장식용으로 두는 가짜 식물의 것

가짜 식물의 완연한 잎 구아미는 완연한 잎이라는 단어를 떠올리고 나서 어째서인지 그 단어가 정말로 노인의 단어라는 생각이 들어 양 손바닥을 허공에 세우고 아래로 늘어지는 피부를 이리저리 기울여보았지 이것은 단지 기분만은 아니다 구아미는 잘 닦아놓은 가짜 식물의 잎사귀들을 손등으로 스치듯 쓰다듬었지 원예 용품을 파는 가게에서 사 온 다 자란 가짜 오렌지나무를 구아미는 이따금 오렌지 씨앗과 함께 동일한 화분에 심어두곤 했는데 가짜 식물과 진짜 식물의 차이는 그것을 구분 지어 따로 둘 때에 발생하는 것이므로 둘을 구분 지어 따로 두지 않는다면 그 식물이 그 식물이지 못된 놈들이 진짜 가짜가 어디 있어 하면서도 어떤 면에서는 가짜 식물의 잎사귀를 더욱 신뢰하기도 했지 가짜 식물의 잎사귀는 아무리 세게 문질러 닦아도 결코 무르는 법이 없었기에 그 모습이 아주 강하고 멋지다고 평소에 구아미는 생각했고 생각을 오래 하지는 않았지 구아미는 생각을 오래 하는 법이 없었지,라고 구아미가 생각하면, 상태감 돌연 사라지고 과거와 미래가 겹겹이 쌓여 이루어진 현재 더미의 가장자리에 잠깐 올라 서 있는 것도 같았지 초대받지 못한 채로 구아미는 바닥에 쪼그려 앉아 다섯 개의 벽돌색 화분을 차례대로 들여다보았지 이제 겨우 작은 싹이 나기 시작한 오렌지 씨앗과 이미 키가

다 자란 가짜 오렌지나무가 나름의 규율로 섞여 있어 마치 시간이 엇박으로 흐른 것만 같았지 처음부터 씨앗부터 키우려고 하지 마시고 애초에 묘목을 사서 심으면 보기에 균형도 있고 자라는 시간의 순서도 서로 맞고 좋답니다 모든 일에는 주제를 파악하는 것이 우선이에요 구아미는 원예 용품을 파는 목이 긴 여자의 말을 떠올렸지 목이 긴 여자의 가는 손목을 떠올릴 때 구아미는 어느 것도 선명하게 떠올릴 수 있는 게 없었고 그만큼 손목이 깨끗했구나 정말 그래 그 사람 전문가야 중얼거렸지 그렇지만 나의 식물들 멍들지도 않고 부스럼이 나지도 본드를 붙지도 않고 잘 자라고 있어 구아미는 고개를 끄덕이다가 금방 떨구었지 병이 들어도 키워야지 다짐을 했지 다 키워서 모조리 말려 먹을 것이다 구아미는 베란다 창을 열어두고 욕실로 들어가 물을 가득 채워둔 욕조에 몸을 담그지는 않았고 거울 앞에 서서 세수를 했지 표피가 얇아져 쉽게 밀리는 피부에 물을 끼얹을 때마다 젖은 모래를 밟는 소리가 났고 구아미는 뺨에 붙은 머리카락을 귀 뒤로 넘기며 머리를 한번 감아볼까 하다가 말았지 노인이 된 후로 구아미는 머리를 감지 않았으니까 말이야 너무 작아졌고 밀도랄 게 없는 열매처럼 되어버려 조금이라도 손에 힘을 주면 단번에 우그러질 것 같은 머리통을 구아미는 우그러뜨리고 싶지도 우그러뜨려지고 싶지도 않았지 구아미는 간단히 세수만 하고 집을 나섰지 구아미가 집을 나서자 뒤따라 초인종이 울렸지 무언가 이상한 것 같다고 구아미는 생각했지 초인종이 울리고 내가 나오는 것이 순서에 맞지 않아? 대답을 하는 사람은 없었지 구아미는 초인종 소리를 입으로 흥얼거리며 앞을 향해 걸었지 오늘은 목요일이었고 오후에 일을 하기 위해 수영장에 가야 했으니까 말이야 구아미는 시내의 한 요양병원에 딸린 작은 수영장에서 청소 일을 맡고 있었는데 그것은 오아름이 죽고 난 어느 날 갑자기 폭삭 늙어버린 구아미가 다니던 대학을 그만두고 부모에 의해 한동안 요양병원에 머물게 되었을 때 만나게 된 노인들과의 내력으로 얻은 일자리로 구아미에게 일자리를 내어준 노인들은 퇴원이라는 것을 한 구아미를 두고 훌륭하다고 말했었지 정말이야 훌륭하다고 훌륭합니다 구아미 씨 당신은 더 이상 병자가 아니에요 어째서 병자가 아닐까요? 훌륭해요 주말은 쉬는 날이었고 쉬는 날 구아미는 주로 서오릉에 있는 무덤가를 산책하다가 탄산수를 마시고 오동나무 아래에서 낮잠을 자곤 했지 매번 낮잠을 자고 일어나면 하루가 그다음으로 넘어갔다는 감각이 비교적 선명하게 느껴진다고 여겼지만 그것은 외형이랄 것도 없는 감각, 실제로 하루가 그다음으로 넘어간 것은 아니었으므로 구아미는 밤에 또 한 번 잠들어야 했고 그때마다 구아미는 울지도 웃지도 기쁘지도 슬프지도 떼를 쓰지도 아무렇지도 않다가 또 한 번 잠이 들었지 꿈속에서는 언제나 다시 잠드는 꿈을 꾸었고 꿈속에서 다시 잠드는 꿈을 꾸게 되면 그 사람은 영영 깨어날 수가 없다고 해 정류장에 앉아 요양병원으로 가는 시내버스를 기다리던 구아미는 뺨에 닿는 바람의 온도가 미지근하다는 것을 깨닫고 머리를 좌우로 천천히 흔들었지 흔들흔들 흔들흔들 이것은 무덤가에서 부는 바람 같다 구아미는 바람이 차가워지거나 뜨거워지기를 기다렸지만 바람은 아까와 같이 미지근하기만 했고 바람이 멎을 때쯤 자전거를 탄 오아름이 페달을 밟으며 자신이 앉아 있는 정류장 쪽으로 달려오는 것을 보았지 해열제라는 단어를 좋아하던 오아름이 동그란 이마에 말린 수국을 얹고 반짝반짝 멀게 웃고 있는데 그 얼굴을 마주하고 있는 구아미가 전혀 웃고 있지를 않아서 오아름은 알은체를 하지 못하고 말없이 구아미의 곁을 지나갔지 어디에선가 소금물 냄새가 났고 나무로 만든 둥근 호두를 땅에 굴리는 소리가 나서 구아미는 고개를 돌려 오아름이 사라지는 모습을 지켜보았지 아름이구나 구아미는 가만히 자리를 지키고 앉아 큰 눈을 깜빡였지 버스가 도착했지 버스에 올라탔지 버스를 탈 때 돈을 내지 않아도 되었지 돈을 내지 않아도 되었으므로 빈자리가 있어도 앉지 않았지 손잡이를 잡기도 전에 버스가 출발했지 앞으로 넘어졌고 자리에 앉아 있는 사람들이 어어, 하고 조금 놀란 기색을 보였지만 그렇게 오래 놀라지는 않았지 구아미는 곧바로 일어나지 않고 버스 바닥을 몇 번 두드려보았지 염화비닐을 덧씌운 바닥이 고르고 판판했지 바닥이 고르고 판판하다 구아미는 생각했지 서 있는 자리가 고르고 판판하면 잘 넘어지지 않는데 나는 왜 넘어진 거지? 대답을 하는 사람은 없었지 구아미는 바닥을 짚고 일어나 주위를 둘러보았지 버스에는 빈자리가 있었고 빈자리에는 언제든지 사람이 앉을 수 있었지 그렇지만 나는 사람이 아니야 나는 개, 개다 구아미는 녹색 페인트가 칠해진 버스 손잡이를 잡고 창밖으로 지나가는 풍경을 바라보았지 햇빛에 노랗게 뭉개진 풍경이 빠른 속력으로 번지듯 스쳐 지나갔고 내가 왜 넘어진 거야? 다시 한번 물었지 구아미는 오아름에 대해 잠깐 떠올려보려고 했지만 떠올리기가 싫어져 관두었어 버스만 타면 멀미를 하던 오아름을 새장을 들고 버스를 타려다가 거절을 당한 오아름을 눈앞에서 버스를 자주 놓치던 오아름과 버스에 치여 죽으려고 결심했으나 어째서인지 잘 되지 않아 몸의 절반만 버스에 박살 난 채로 새파란 강물에 빠져 죽은 반쪽이 된 오아름을 여덟 개의 정류장을 지나

요양병원 건너편에서 내린 구이미는 공원 산책을 마치고 요양병원으로 되돌아오는 노인들 틈에 섞여 횡단보도를 건너면서 아프다 아프다, 하고 연달아 중얼거렸고 구 씨미미야 너 어디가 아픈 거야 노인들이 관심을 주었지 넘어져서 뼈가 또 부러졌어 세게 넘어진 것도 아닌데 무릎 뼈가 온통 어긋나게 자랐는지 그야말로 박살이 난 거야 아파 아파 노인들이 고개를 저었지 거짓말 뼈가 박살이 나면 서 있을 수도 없어 횡단보도를 건너지도 못해 그래? 물론이지 미미야 너는 뼈를 아주 우습게 보고 있구나 그렇다면 나는 박살 난 것이 아니겠네 물론이지 쉬 쉬 괜찮아 괜찮아 곧이어 괜찮아진 구아미는 노인들을 벤치에 나란히 앉히고 간식으로 배급하는 버터빵과 요구르트를 가져와 각자의 양손에 쥐여 주었지 그러고는 요양병원 외벽에 나 있는 계단을 오르기 시작했지 수영하고 싶다 수영하고 싶다 빨리 수영을 하고 싶다 노인들이 아우성을 쳤지만 구아미는 못 들은 척하고 혼자 계단을 올랐지 철제 계단을 밟고 올라서는데도 발소리가 잘 들리지 않아 구아미는 일부러 더 세게 계단을 밟았지 그제서야 발소리가 울렸고 동시에 차양 위를 걸어 다니는 새의 발소리 세모꼴의 얼굴 상상하면서 숨이 가빠졌지 구아미는 숨을 들이마신 다음에 내쉬어보았지 호흡에는 순서가 있다 구아미는 생각했지 순서는 정해놓은 차례 정해놓은 차례는 차례대로 밟으라고 정해놓은 것 수영장은 요양병원의 꼭대기 층인 3층에 있었고 구아미는 건물 안으로 들어가 수영장 입구에서 지문을 찍고 기계에게 출근 확인을 받았지 구아미가 출근한 시간은 오후 2시 10분, 수영을 하고 싶은 병자들에게 수영장을 개방하는 시간은 오후 6시였으므로 시간이 약 네 시간가량 남아 있었지 네 시간 안에 수영장 청소를 마치면 되었고 봉급이 적은 만큼 할 일이 많지는 않았어 너무 많은 시간이 주어진 것처럼 느껴질 만큼 구아미는 방수포로 된 청소복으로 갈아입고 일을 시작했지 긴 막대를 들고 돌아다니면서 나뭇가지 골무 주전자 지우개 성냥갑 매듭 시금치 우유 가게의 전단지 같은 것 들을 풀장에서 건져내 건조기에 넣었지 따뜻하고 바삭하게 건조되어 나온 물건들을 분실물 상자에 담았지 요양병원에 머물고 있는 병자들은 분실물 상자에 물건이 쓸쓸히 남아 있는 것을 견딜 수 없어 했기 때문에 주인을 찾아주거나 주인이 되어주었고 덕분에 분실물 상자는 다음 날이면 언제나 깨끗하게 비워져 있었지 여기저기 흩어져 있는 풀 부이와 오리발을 한자리에 모아두고 체커보드 모양의 타일 바닥에 남은 물기를 남김없이 닦아내면 할 일은 거의 끝난 것이나 다름없었고 오늘같이 수영장 물을 전부 소독해야 하는 날이면 달력에 동그라미 표시를 한 뒤에 수영장에 염소를 풀었지 염소 냄새가 독하고 집요해서 구아미는 마른기침을 했지 기침을 하면서도 염소 냄새가 가장 지독한 자리만을 찾아다녔지 염소는 원자번호 17번, 비소보다 가벼운 17번 원소, 불소보다는 무겁다 구아미는 염소를 푼 수영장 물에 발을 담그고 앉아 남은 시간을 보냈지 입안에 자꾸 단침이 고였지 자신의 입안에 어째서 이렇게 단 것이 고일 수 있는지 구아미는 이해할 수가 없었지 염소는 원자번호 17번, 비소보다 가벼운 17번 원소, 불소보다는 무겁다 구아미는 발장구를 치며 풀장에 가득 담긴 물을 바깥으로 튕겨냈지 공중으로 튀어 오른 물방울들이 마치 쌀알이 쏟아지는 것처럼 후드득후드득 소리를 내며 아래로 떨어졌지 구 씨, 왜 그래 그러지 마 그러면 또 닦아야 해 고생을 하게 돼 구아미는 목소리가 들리는 쪽을 바라보았지 배만 불룩한 노인이 채광창을 등진 채 연두색 풀 부이를 옆구리에 끼고 헐렁하게 서 있었지 장조림을 좋아하는 노인이라고 구아미는 기억해냈고 요양병원에 머물 때 노인에게 점심 반찬으로 나온 장조림을 빼앗긴 적이 있었지만 그것까지는 기억해내지 못하고 장조림을 불렀지 장조림, 너는 아직 수영장을 이용할 수 없는데 왜 들어와서는 거기 서 있어? 그럼 너는 뭔데? 나는 청소야 직원은 들어와 있어도 돼 너랑 나는 같은 병자인데 우리는 입원 동기이기도 했는데 왜 나는 직원이 될수 없는 거야 너의 뇌는 아직 기억 때문에 뚱보처럼 부풀어 있대 헛소리 마 나의 뇌를 나보다 잘 아는 사람은 없어 나도 일을 할 수 있어 어제 선생님하고 다시는 불을 지르지 않겠다고 약속도 했는데 말이야 애초에 불을 지르지 않으면 약속 같은 것은 필요하지 않아 약속이 필요하지 않은 사람만이 직원이 될 수 있는 거야 거짓말 너는 수영도 못하잖아 거짓말이 아니야 나는 수영을 못해도 익사하지 않는 방법을 알고 있어 네가 뭘 알아? 호흡을 질서에 맞게 통제하면 돼 호흡의 질서는 들이마시고 내쉬는 것 내쉬고 또 내쉴 수는 없는 거야 나도 알아 숨이 부족하면 죽게 되잖아 죽지는 않아 장조림 숨이 부족해도 결코 쉽게 죽지는 않아 사람은 어렵게 죽어 구 씨 너는 항상 거짓말만 하더라 개새끼 이 개새끼 그만해 어떻게 알았어? 내가 뭘 알아? 나는 아무것도 용서하지 않았어 화를 내던 장조림이 입을 다물고 구아미 옆으로 다가와 수영장 물에 발을 담갔지 채광창을 통해 드리운 햇빛이 타일 바닥에 달라붙어 두 사람의 찬 손등을 서서히 데우고 있었고 두 사람은 얼마간 아무 말도 하지 않고 공기 중에 떠다니는 희고 반짝이는 수증기 알갱이를 바라보았지 차갑게 식은 수증기 차갑게 식어 끓고 있는 수영장의 물 자살에 실패한 사람들 실패

경험은 그들을 더 이상 나아가지 못하게 했지 나아가지도
물러서지도 못하고 타다 남은 재를 닮은 사람들 지구력이
부족한 사람들 떠돌아다니는 사람들 시체가 되지 못한 사
람들 마치 조금 더 살고 싶은 구 씨, 요 앞에서 지금 누가
물건을 팔고 있어 봤어? 아니 못 봤어 좋은 물건이 많아 그
런데 사지는 못할 거야 어째서? 안 팔겠대 나도 구경하고
싶다 다녀와 내가 수영장을 지키고 있을게 장조림의 말에
구아미는 장조림을 빤히 보았지 나는 어제 선생님하고 다
시는 불을 지르지 않겠다고 약속도 했는데 말이야 장조림
은 외운 말을 되뇌는 사람처럼 아까와 같은 말을 해 보였
고 구아미는 웃었지 구아미가 웃자 장조림도 따라 웃었지
아무 소리도 없는 웃음이었지 장조림 구아미가 장조림을
불렀지 약속을 왜 해? 그냥 또 불을 질러버려 여기는 온통
물이야 너만 죽어 구아미의 말을 들은 장조림이 양손으로
눈을 가린 채 소리 없이 울었지 소리 없이 울고 있는 장조
림을 두고 구아미는 행상을 구경하러 갔지 요양병원 앞에
정말로 환자복을 입은 행상이 앉아 있었지 한쪽 눈이 찌그
러진 노인이었고 병자 행상이네, 구아미는 생각했지 행상
은 오직 책만 팔았고 가지고 있는 책이 아주 많았고 책 더
미네, 구아미는 생각했지 좋은 물건이 많다고 했는데……
구아미는 행상이 파는 책들을 한 권씩 살펴보았지 대부분

의 책이 백지였고 그중에서 글씨가 적혀 있는 책은 글씨가 너무 빼곡해서 도무지 읽을 수도 없었고 구아미는 혹시 이 책들을 전부 이 행상이 쓴 것은 아닐까 생각했지만 물어보지는 않았지 책을 사실 건가요? 행상이 물었지 장사가 너무 안돼요…… 푸줏간에서 돼지를 고르는 방법이 적힌 책이 있어요 책 같은 건 읽지 않아도 즐겁게 살 수 있어요 나는 안 팔아요 여기 있는 책 이거 한 번에 다 사는 거 아니면 나는 절대 안 팔아요 행상이 이어서 말했고 구아미는 가만히 있었지 행상은 책 더미를 헤집어 자신이 정한 순서대로 다시 정리하기 시작했지 그러나 책 더미는 정리하려고 할수록 도리어 걷잡을 수 없이 흐트러졌고 행상은 흐트러지는 책 더미를 흐트러뜨리고 또 흐트러뜨리다가 피로해져서 팔을 늘어뜨리고 주저앉아 구아미를 올려다보았지 구아미는 발에 걸리는 책을 몇 권 쌓아 행상 옆에 두었지 한꺼번에 정리하려고 하니까 전부 엉망이 되잖아요 행상은 구아미의 말을 듣지 않고 책을 사실 건가요? 다시 물었지 아니요 구아미는 대답하고 수영장으로 되돌아왔지 수영장은 여전히 조용했고 노인이 앉아 있던 자리에 눈물이 너무 많이 고여 있는 것 말고는 달라진 것이 없었지 구 씨, 그것은 내 눈물이야 너무 많이 고여 있어서 닦아낼 수 없을 거야 나는 알 수 있어 너는 청소를 끝낼 수 없어 구 씨 너의 잘못 때문이야 장조림 도대체 왜 운 거야? 내가 너한테 나쁜 말을 했어? 아니 너무 좋은 말을 구아미는 청소기를 가져와 바닥에 고여 있는 눈물을 남김없이 빨아들였지 구아미는 장조림이 어디에 숨어서 말을 하고 있는 것인지 알 수 없어 주위를 두리번거렸는데 장조림은 어디에도 숨어 있지 않았고 다만 수영장 물 위에 둥둥 떠 있을 뿐이었지 아직 병자들이 입장할 수 있는 시간이 아니었지만 구아미는 장조림이 하고 싶어 하는 대로 내버려두기로 했고 장조림이 배영을 하기 시작하자 완만한 수면이 흐트러지면서 잔잔한 파동이 일었지 구 씨 그거 알아? 내가 살던 집 옆에는 쌍둥이 수영장이 있었어 이름이 쌍둥이 수영장 지금은 문을 닫아버려 갈 수 없게 되었지만 쌍둥이 수영장은 길이가 50미터였기 때문에 25미터인 다른 수영장들과는 달리 초보자들이 쉽게 접근할 수 없는 곳이었어 나는 중급자였고 여전히 중급자고 중급자는 배영을 할 수 있어 배영은 좋아 배영을 하면 물살이 갈라지는 느낌을 등으로 느낄 수 있어 우리처럼 엉덩이에 살이 없는 노인들은 엉덩이 쪽에서 보글보글 물거품이 이는 것도 느낄 수 있는데 그것이 간지럽고 가장 좋아 구아미는 장조림이 하는 말을 들어주었지 청소기를 도구함에 넣고 장조림이 배영하는 모습을 조금 더 바라보다가 시간이 되어 수영장 문을 열었지 문

앞에서 문이 열리기만을 고대하고 있던 병자들에게 등 떠밀리듯 퇴근을 하게 된 구아미는 구립 도서관에 들렀지 열람실을 지나 종합 자료실에 들어가 가장자리에 테이프가 붙은 도서관의 책들을 둘러보았지 구아미는 도서관에서 여러 권의 책을 골라 동시에 읽었고 책에 나오는 몇몇 단어를 작은 공책에 옮겨 적기도 했지 붕산 회양목 설탕 깡통 고무 피복이 있는 구리선 이산화질소 웃음가스 사환 아이 구아미는 자신이 쓰고 있는 소설에 이 단어들을 적게 될 것이라고 생각했고 정말로 자신이 쓰고 있는 소설에 이 단어들을 적었지 구아미는 언제나 같은 제목으로 혼자 소설을 쓰고 혼자 소설을 읽었는데 언제부터 소설을 썼는지는 기억에 없었지만 자신이 소설을 쓰는 것에 대한 이야기를 오아름에게 분주하게 늘어놓았던 것만은 기억에 남아 있어 단지 그 기억만큼만 기억을 했지 있잖아 아름아 내가 소설을 써 오늘은 라디오와 채소라는 단어를 적었다 재미있었겠지 시간이 엄청 갔어 시간이 엄청 가 소설은 아직 늙지 않은 구아미를 마주 보고 앉아 이야기를 듣고 있는 오아름은 아직 죽지 않은 오아름으로 말을 들을 수도 할 수도 있는 존재였고 말을 들을 수도 할 수도 있는 존재인 오아름의 말은 대부분 그거 아니잖아, 하고 끝나곤 했는데 그래서인지 구아미는 오아름의 목소리를 영영 기억하지 못하게 되었으면서도 그거 아니잖아 그서 아니잖아, 하고 말하던 오아름의 미묘하게 쉰 억양만은 잊지 않고 기억하고 있었지 그거 네 과거 파는 일 아니야? 네가 언제부터 소설을 썼어 네가 무슨 생각을 해 그거 아니잖아 아직 죽지 않은 오아름이 지나가는 사람들을 한 번씩 노려보며 그런 식으로 말할 때마다 구아미는 맞아 맞아 수긍하면서 오아름이 죽는 소설을 썼지 자살을 하고 싶어 하는 오아름이 자살을 한 소설을 그러나 오아름이 살아 있을 때 오아름이 죽고 난 소설을 쓰는 일은 번번이 쉽지 않았고 아름아 너왜 자꾸 살아나는 거야 구아미가 물을 때마다 오아름은 웃었지 내가 정말로 죽으면 소설 속에서 되살아나지 않겠지 영영 죽어버려서 가만히 있겠지 좋을 거야 초주검이 된 사람들이 마구 소리를 질러도 온통 조용하기만 하고 아무 소리도 들리지 않는 소설을 쓸 수도 있을 거야 네가 하지만 그렇지도 않다 아름아 너는 죽어서도 좀처럼 가만히 있질 않고 자전거를 타고 있어 초주검이 된 사람들이 아무리 마구 소리를 질러도 소설에는 본래 목소리랄 게 없어서 언제나 조용해 아무 소리도 들리지 않아 조용히 좀 해주세요 건너편에 앉아 있던 주황색 후드를 입은 남자가 혼잣말을 중얼거리는 구아미에게 주의를 주었지 구아미는 그만 입을 다물고 빗물 자국이 남은 도서관 창문을 보았지 방충망에 붙은 풀벌레의 다리는 여섯 개 방금 하나가 떨어져서 다섯 개 그렇다면 풀벌레의 다리는 다섯 개 구아미는 풀벌레의 다리를 세었지 서서히 잠이 드리워 도서관을 나와 집까지 또 걸었지 장식장을 옮기는 인부들이 있었지 싸움 연습을 하는 아이들이 있었고 계피 냄새를 풍기는 여자들이 있었지 바구니에 가득 담긴 과일들 비구름 아래에 선 사람들 네온사인 반짝이는 간판들 간판 아래 떠도는 개들과 짓밟힌 전단지를 보았지 휴대폰이 울렸지 희고 환한 불빛 점멸하고 음성 메시지가 남았지 안녕하세요, 구아미 씨 나는 구아미 씨의 아버지입니다 이것은 혼자서 말을 하는 아버지의 목소리야 다름이 아니라 구아미 씨, 구아미 씨가 그 집에서 정말로 나와야 할 때가 되어서 말입니다 조금 전에 집 안을 다 정리했습니다 내가 서류에 도장도 찍고 화분들도 전부 바깥에 내다 놓았어요 그러니 더는 잘 키운 오렌지 열매를 보았다는 정신 나간 말은 하지 않겠지요 일반적으로 탱자나무와 접목을 시키지 않는다면 가정에서 기르는 오렌지나무에서 열매가 열리는 일은 있을 수 없습니다 필요한 것은 탱자나무와 오렌지나무의 조화 그런데 구아미 씨는 자꾸만 탱자나무와 접목을 시키지도 않은 구아미 씨의 오렌지나무 따위에서 잘 키운 다섯 개의 오렌지 열매를 보았다고 말하지요 우리 부부는 그런 당신이 걱정이 됩

니다 말을 놓을 수도 없게 늙어버린 자식을 어떻게 다루어
야 하는지 우리는 모르겠습니다 알려주세요 구아미 씨가
구아미는 음성 메시지를 듣다 말고 휴대폰을 조끼 주머니
에 넣었지 다시 전화가 걸려 오는 일이 없었는데도 구아미
의 귓속에서는 여전히 벨 소리가 울리고 있었고 구아미는
귀에 물이 들어간 사람처럼 한 손으로 귀를 툭툭 치며 걸
었지 너무 시끄럽다 빠르게 걸음을 옮기던 구아미는 갑자
기 걸음을 멈추고 사람들이 옆을 지나쳐 가게 두었지 구아
미가 걸음을 멈춘 곳은 거리의 한복판이었고 거리의 한복
판에는 많은 사람이 있었으므로 많은 사람이 구아미와 눈
을 마주치지 않고 구아미의 옆을 지나쳐 갔지 가게들의 좁
고 낮은 계단들 입구들 출구들 쏟아지듯 나타났다가 사라
지는 사람들 노랗게 번호를 새겨놓은 지하철역의 기둥들
부호들 아름아 네가 향한 곳은 정말로 바깥이 맞지 구아미
는 얼마간 제자리에 서 있다가 다시 걸었지 토마토와 케일
주스를 파는 가게에 들러 오렌지를 사겠다고 고집을 부리
다가 옆 가게를 소개받고 얌전히 바구니에 담긴 오렌지를
정성 들여 고르기 시작했지 그러니까 다시 한번 다섯 개의
오렌지 열매를 다섯 개의 오렌지 씨앗이 될 다섯 개의 오
렌지 열매를 언니 문 닫아요 문 닫아 죄송합니다 아이가
발차기를 참 잘하네요 허락도 없이 머리를 깎아서 우산꽂

이에 자기 우산 꽂겠다고 다른 사람 우산 뚫어버리는 너 같은 놈이 죽어야지 얘가 왜 죽어 바나나는 사과 맛으로 먹는 거야 너 같은 놈이 맞아야지 저기요 오렌지를 할머니 혼자만 골라요? 얘가 왜 맞아 네가 맞아 좀 비켜봐요 네가 죽어 다섯 개의 오렌지 열매를 고르는 동안 사람들의 목소리가 이어졌고 구아미는 사람들의 목소리가 제멋대로 자신의 머릿속을 침범해 헤집고 돌아다니도록 내버려두었지 풍경이 그랬듯

공백과 무한

김미정
(문학평론가)

1. 과녁과 무질서

『서울 오아시스』에는 견디거나 지속하는 이들이 있다. 대개는 가까운 이의 상실을 경험한 '남은 자들'이다. 그들에게는 루틴이 있다. 주기율표를 외우고, 무언가에 익숙해지기 위해 연습하며, 무언가/누군가의 부재 주위를 느리게 맴돈다. 하지만 소설에는 그런 상황에 부수할 법한 인식이나 감정이 잘 드러나지 않는다. 특정 정서를 직접 환기하는 표상 역시 소설에 거의 부재한다. 익숙한 표상 체계로 환원될 수 없는 풍경이 이 소설을 낯설게 한다. 소설에는 분절되고 흩어지는 말과, 그에 상응할 만한 침묵이 뒤섞여 부유한다. 확정된 의미를 유예하는 장면이나 인물의 기행奇行이 도드라진다.

　이 소설들은 말하고 부정한다. 쓰고 지운다. 인물들이 주고받는 말은 소통을 위한 대화라기보다 파편으로 흩어질 때가 많다. 의미에 강박하지 않거나 확정된 의미를 애써 피한다.「현관은 수국 뒤에 있다」속 인물들은 "사진 찍을래?"라는 질문 앞에서 "아니"(p. 9)라고 대답하지만, 곧이어 자판기 사진을 찍는다. 그들은 "알아"라고 대답하지만, 곧이어 "그런데 기억이 안 나"라고 말한다. 또는 "세 사람은 눈에 보이는 것을 순서 없이 구경하고 나서 본 것들을 전부 잊어버렸다"는 문장이 강하게 암시하듯, 김채원의 소설들에는 A와 not A가 공존한다. 효율과 효용을 기율로 삼는 소통의 언어는 그 자리를 잃는다. 하지만 그 소통과 의미를 위해 밀려난 말들의 잔여가 오히려 세계를 다르게 부감한다. 연대기적linear 시간에 의해 편집되어온 세계의 울퉁불퉁한 질감이 이 소설들에서 되살아난다.

　인물들이 주고받는 말도 그러하다. 소설 속 말들 역시, 누구의 것인지 무엇을 향한 것인지 정확히 알 수 없는 모호함 속에 자주 휘말린다. 이른바 발화 주체를 확정할 수 없는 장면이 빈번하다. 소설 속 마트 직원들 사이 대화는 "직원이 말했다" "직원이 물었다"(p. 21)로만 진술된다. 말들은 의미와 소통의 연쇄라기보다, 랑그langue에 포섭되기 이전의 웅성거림에 가깝다. 말은 A의 것이기도 하지만 동시에 그와 인접해 있는 B의 것이기도 하다. 아예 쉼표·마침표 등 문장부호가 최소화된, 분절되지 않은 발화의 소설(「다섯 개의 오렌지 씨앗」)은 아득한 말의 숲에 독자마저 휘말려들게 한다.

한편 소설들은 서로를 환유적으로 지시한다. 인물, 고유명 등은 원본 – 사본의 위계를 확정할 수 없이 느슨하게 인접해 있다. 어떤 소설(「럭키 클로버」)은 다른 소설 속 에피소드에서 그 제목만 취해져 변용된다. 또 다른 소설(「다섯 개의 오렌지 씨앗」)은 원본(동명의 『셜록 홈즈의 모험』 수록작)과의 연관성을 가늠하기 어렵게 재창조된다. 어떤 소설(「쓸 수 있는 대답」)은 또 다른 소설(「현관은 수국 뒤에 있다」)의 프리퀄이다. 각 인물은 여러 소설을 넘나들며 각기 다른 이야기를 들려준다. 하지만 그것은 공히 상실 – 부재라는 진원지로부터 연쇄된 듯하다. 그런 까닭에 이 소설들은 마치 일련의 연작처럼 보이기도 한다. 소설 속 장면뿐 아니라 소설집 자체가 하나의 거대한 몽타주를 이루고 있다.

소설집 전체를 놓고 볼 때 상실 – 부재의 대상(진원지)은 하나일지라도 그것은 친구, 딸, 조카, 손주, 아버지, 할아버지, 나아가 규정할 수 없을 여러 자리에서 경험되고 있다.

그들의 무어라 규정할 수 없는 상태의 웅성거림 — 이른바 정동적인 것 — 이 소설집 전체를 직조한다. 여기에서, 어떤 목적지로 향하는 셀 수 없이 많은 행선지의 가능성이 환기된다. 이쯤에서 "꿈속은 질서가 없어 보였고 정말로 질서랄 게 없었지만 향하고 있는 과녁은 늘 같았다"(「서울 오아시스」, p. 94)는 화자의 말도 잠시 떠올려본다. 이 소설들은, 기존 우리의 인식과 감정의 회로를 질문한다. A를 읽으며 자연스레 B를 떠올리거나, C를 보자마자 D를 떠올리는 우리 안의 일종의 회로를 중지시킨다.* 익숙한 독서 관습으로 수렴될 수 없는 이야기가 난분분하다. 과녁은 하나여도 그곳에 도달할(도달하지 않아도 될) 방법이 결코 하나일 리 없다는 것. 이것이 『서울 오아시스』의 입구에서 우선 기억해둘 내용이다.

---

* 이쯤 되면 '탈인지' '탈정동' 같은 말처럼, 근대인의 익숙한 감각·인식·정동적 틀로 환원될 수 없는 이 세계 – 나의 관계에 대한 문제의식(스티븐 샤비로, 『탈인지』, 안호상 옮김, 2022; Xine Yao, *Disaffected: The Cultural Politics of Unfeeling in Nineteenth-Century America*, Duke University press, 2021)도 떠올리게 되지만, 역설적이게도 그런 개념의 언어는 이 소설들을 읽어갈 때 오히려 잊을수록 좋을지 모르겠다.

2. 소진된 인간의 마지막이자 첫번째인 창조

첫 수록작 「현관은 수국 뒤에 있다」부터 읽어본다. 이 소설에는 어떤 동선이 만들어내는 풍경이 있다. 그 풍경은, 고정된 위치에서 조망되지 않고 있다. 또한 어떤 개체적 시선(시점)에 의한 것이라고 단정하기도 어렵다. 어디론가 계속 이동하는 시선과 더불어 그 시선의 주인을 정확히 변별할 수 없는 장면이 펼쳐진다. 이를 가능케 하는 것은, 김채원의 다른 소설에도 종종 등장하는 '걷는 사람들'이다. 그들은 어딘가를 걷는다. 마침 「현관은 수국 뒤에 있다」의 세 인물은 한 친구의 죽음을 수습하러 가는 길이다. 그러나 이들은 마치, 그곳에 끝끝내 도달하지 않으려는 듯 내내 에두르고 딴청을 피운다. 갑작스러웠을 비보悲報로 만난 그들은 함께 자판기 사진을 찍기도 하고, 식당에서 아침 식사를 챙겨 먹으며, 서로 소통되지 않는 말을 주고받고, 타인이 호출한 택시를 가로채 타고 간다. 누군가의 죽음 앞에 어울리지 않는 듯한 이 일상의 반복이나 기행은, 슬픔 - 애도와 같은 익숙한 말의 계열체를 비집고 나온다. 어떤 사건에 수반되어야 한다고 믿어지는 특정 인식·감정의 회로는 확실히 기능부전 상태다. 하지만 통상적 인식·감정의 회로를 흘러넘치는 저 흐름은, 애도의 내용과 방법이 세상에 하나일 리 없음을 역설한다. 친구의 부재 앞에서 펼쳐지는 이들의 장면은 어떤 프레임으로 가둘 수 없는 삶 – 죽음이라는 실재다. 혹은 그 프레임의 잔여들이다.

한편 「빛 가운데 걷기」는 수목장에 가는 노인의 장면으로부터 시작한다. 그의 딸은 스스로 세상을 등졌다. 모든 죽음은 곧 한 세계의 사라짐이자 모든 관계가 끊기는 사건이지만, 딸이 남기고 간 아이를 돌보며 견뎌야 하는 이의 시간은 감히 가늠할 수 없다. 언어 사용에 문제를 겪고 소통하는 법을 배우고 있는 아이(손주)도 어쩌면 말해질 수 없는 고통의 견뎌내기를 수행하는 중인지 모른다. 아이는 언어 연습을 하고, 노인은 매일 주기율표를 외운다. 어쩌면 이 반복이야말로 견디고 지속하는 힘일지 모른다. 그런데 아이러니하게도 이것은 마치 소진된 인간의 위대한 이미지를 떠올리게 한다. 통상 지치고 무기력한 상태를 피로라고 한다면, 소진은 동력이나 기력이 완전히 고갈된 상태에 가깝다. 하지만 이러한 심리·기분적인 것을 존재론의 차원으로 이동시킨 한 철학자는, '소진'으로부터 마지막 창조와 생의 도약이 가능하다고 말했다(그리고 알려져 있다시피, 그는 몸소 그것을 실현했다!).

"서 있기보다는 앉아 있을 때, 그리고 앉아 있기보다는 누워 있을 때 더 편안함을 느"끼는 것은 '피로'에 적합하지만, '소진'은 "몸을 뉠 수 있게 내버려두지 않는다".* 이 말을 하며 그 철학자가 염두에 둔 것은, 삶의 근간에 실재하는 잠재성 혹은 내재성의 역량(power, puissance)이었다. 그는 회복 불능의 소진된 상태로부터, 이제껏 한 번도 존재한 바 없는 창조의 가능성을 끌어내고자 했다. 예컨대 소진된 상태의 극단에 있을 죽음은 소멸消滅이 아니라 다른 양태로의 변용이다. 생과 죽음이 정반대의 관계라는 변증법적 이항 대립의 사유야말로 그 철학자가 일평생 거절한 것이었다. 죽음은 결코 사라짐, 지워짐과 동의어가 아니라는 사실을 그는 내내 역설했다. 즉, 삶 – 죽음이란 동일한 지평(내재성의 평면)에서 동일한 힘(흐름)의 다른 양태들일 뿐이다.

기쁨과 슬픔, 삶과 죽음같이 상반된다고 여겨지는 표상이 그러하듯, 우리가 알고 있는 무수한 배타적 관념은 실상 동일한 지평 위, 동일한 힘의 다른 양태들이다. 강렬함(힘)의 정도에 따라 우리는 매 순간 (운동 속에서) 다른 문턱threshold을 넘는다. 그 문턱마다 슬픔, 고통, 분노, 기쁨같은 어떤 임의적 말들이 부여되곤 했다. 하지만 몸을 가진 존재와 무관할 수 없는 슬픔과 기쁨, 죽음과 삶 등은 본

---

* 질 들뢰즈, 『소진된 인간 — 베케트의 텔레비전 단편극에 대한 철학적 에세이』, 이정하 옮김, 문학과지성사, 2013, p. 30.

래부터 개념적으로 정의되거나 구획될 수 있는 것이 아니다. 그것들은, 늘 이행하고 있는 흐름(운동) 속에서 함께 유동하는 신체의 변용을 의미한다고 잠재성 계보의 철학은 강조해왔다.

그렇다면 「빛 가운데 걷기」의 노인은 지금 단지 무기력한 상태가 아니다. 그는 완전히 고갈되어버렸고 무엇도 가능하지 않은 상태다. 그럼에도 그는 기어이 몸을 일으켜 빛 가운데로 걸어가는 연습을 하고 있다. "내가 언제까지고 이렇지만은 않을 거야"(p. 41)라는 말을 잠시 떠올려본다. 어쩌면 노인은, 어딘가로 정향되어 있던 힘의 벡터를 바꾸려 안간힘을 쓰는 중이다. 이를 증명하듯 노인이 자신의 잔혹한 죽음을 상상하며 그것을 따뜻하고 환한 이미지로 묘사하는 장면이 있다. 이 역시, 한 개인으로서 완전히 소진되어버린 신체의 임계에서 역설적으로 발견하는 창조(다른 생으로의 도약)를 이미지화하는 것 같다. 심리적인 견딤과 버팀은 이 소설에서 분명 존재론적 문제로 자리바꿈하는 중이다.

「쓸 수 있는 대답」의 주인공에게도 비슷한 태도가 있다. 소설은, 이 책 전체를 통틀어 거의 유일하게 상실 – 부재의 당사자로 암시된 이의 이야기다. 주인공은 "얼마 전에 자살하기를 그만두었"(p. 106)고 스스로 차를 피하지 않은 탓에 교통사고가 일어난 것이 아닌지 의심한다. 상대편 운전자가 연락처를 건네며 사고 이후 이어지는 통상적인 제스처를 취하지만 주인공은 '연락하지 않겠다, 잊어버려라'라고 단호하게 말한다. 자신이 입은 상해와 관련하여 세상의 방식이나 상식을 결연하게 거절하는 이 적극성은 어딘지 기묘하다. 취약하고 무해해 보이는 주인공은 약국에서 계산도 하지 않은 영양제를 갖고 나오고, 빗물 고인 곳에 과자 봉지를 무심코 버린다. 이 행위들은 마치 세계의 기율이나 도덕과 무관한amoral 양태를 수행하는 듯하다. 현행 세계의 기율·도덕 등으로 회수되지 않으려는 이 결연함에서 소진을 수행하는 「빛 가운데 걷기」의 노인이 겹쳐 보이는 것도 자연스럽다.

즉, 「쓸 수 있는 대답」에서도 통상적 삶/죽음의 경계는 희미해진다. 요컨대 죽음(자살 시도)과 삶은 그저 변증법적 이항 대립의 항이 아닐 수 있다. 집요하게 '나는 그러지 않는 쪽을 택하겠습니다I would prefer not to'라며 수동/능동 혹은 죽음/삶의 분할선에서 탈주하고 다른 의미의 평면들을 생성한 어떤 주인공을 떠올려보자.* 「쓸 수 있는 대답」의 주인공도 그와 같이, 미리 주어져 있는 선택지들과

---

* Herman Melville, *Bartleby, the Scrivener: A Story of Wall-street*, Putnam's Montly Magazine, 1853.

거리를 두며, 특정 방식으로 코드화된 의미의 재생산을 중단시킨다. 그러므로 "날씨가 이렇게 뜨겁고, 이렇게나 해가 오래 떠 있는데 어째서 어떤 사람들의 마음은 온통 어둠이기만 한 것인지 유림은 알 수가 없었다"(p. 116)라는 소설의 마지막 문장은 단지 비관이 아닌 낙관을, 어둠이 아닌 빛을 상상해야 한다는 식의 세속적 상투어들과 분명한 차이가 있다. 소설은 이 세계 속 이것일 수도 저것일 수도 있(었)을 무수한 가능성의 층위에 내내 시선을 두는 듯하다. 그곳은 아직 어떤 의미의 토대가 갖춰지기 이전의 미결정·미분화의 지대에 가깝다.

3. 일상의 주름이 펼쳐질 때

이 소설들은 분명 상실 – 부재로부터 시작한 이야기다. 하지만 그것을 단지 심리적인 것으로만 읽을 수 없는 이유를 표제작 「서울 오아시스」에서 조금 다른 방식으로 확인해본다. 이 소설은 아예 '불행' '행복' 같은 말의 의미가 확보되는 방식을 질문하고 재구축한다. 화자인 '나'는 외삼촌으로부터 "어떤 사람은 건강하지 않아도 오래 살 수 있다"(p. 71)는 말을 배우며 자랐다. 엄마는 건강하지 않은 상태로 병원에서 지내는 것을 택했고, 할아버지는 욕심내지 않고 살기를 택했으며, 외삼촌은 실종되기를 택했다. '나'는 외삼촌이 실종된 강가를 떠나지 않고 오히려 오가기를 택한다. 여기에서 수동/능동, 무기력/활기 등과 같은 미리 구획된 의미의 토대는 불안정하다. 그러한 구획 이전의, 아직 아닌not yet 힘들과 그로부터 파생될 다양한 가능성이 조금씩 엿보인다.

'나'에게 외삼촌이 실종된 강가는 피하거나 두려워해야 할 장소가 아니다. 그 "근처에 어쩌면 가지 않을 수도 있었겠지만 나는 잘 갔다"(pp. 75~76)라고 화자는 말한다. 여기에 특별히 대단한 이유가 있다고 서술되지는 않는다. 단지 "집에서 가까웠고 무엇보다 물가여서 걷기에 좋았다"(p. 76)라고만 말한다. "나쁜 일이 생기면 이웃 사람들은 이사를 갔다"라고 하는 사람들의 통념과 달리 '나'의 할아버지는 "나쁜 일이라고는 아무 일도 안 생겼"(p. 78)다며 이사하지 않는다. 외삼촌의 실종이라는 사건은 분명 그들의 일상에 드리운 그림자다. 하지만 소설에서는 그 사건이 '나쁜 일'이라는 감각이 희미해지면서 그것이 다른 무언가로 변용될 기미들이 암시된다.

강조컨대 이 소설에는 분명 불행, 건강, 자살, 실종, 나쁜 일 같은 통상적인 말들이 형성하는 일련의 분위기가 있다. 하지만 인물들은 그런 말에 갇히지 않으려 한다. "행운을 발견하려면 반드시 불운이 필요하다는"(p. 99) 말에서처럼, 과연 불행과 행복은 그저 배타적 이접離接 관계를 통해 작동하는 것 아닌가. 저 논리에 따르면, 많은 대쌍 개념은 서로를 필요로 할 뿐 자족적으로 의미를 가지고 있지 않다. 그러나 이 소설에서 질병과 건강, 행복과 불행 등 이항 대립적 개념은, 앞에서의 삶 – 죽음처럼 하나의 평면 위, 동일한 힘의 다른 양태에 가깝다. 관련하여 '나'의 이런 말도 잠시 떠올려보자. "소리는 눈에 보이지 않는 것이므로 내가 상상하기만 하면 무엇이든 될 수 있는 것이었다. 하지만 그렇다고 해서 그 소리가 정말로 내가 상상한 모습의 소리라고는 할 수 없었다. 그렇기에 그 소리는 무엇이든 될 수 있었고 그 무엇도 아니었다"(pp. 78~79).

이것은 자기암시나 긍정 마인드 같은 식의 소박한 정신 승리 이야기가 아니다. 이것은 현행 세계를 정초하는 인식·감정의 틀보다 훨씬 잠재적인 층위에서의 웅성거림을 환기한다. "무엇이든 될 수 있"으나 그렇기에 "그 무엇도 아"닌 그 지대야말로 어쩌면 이른바 잠재성virtuality이라는 말에 값한다. 행동에 색채 이미지를 부여하며 그 행동의 의미를 감각적인 것으로 변모시키는 장면("초록일 때도 있었고 파랑일 때도 있었"으며 "딱히 색의 이름을 붙일 수 없느" 때도 있는 엄마에 대한 상상, pp. 81~82) 역시, 작가가 세계의 서로 다른 층위를 어떻게 절합articulation하고 조합하는지 직관적으로 확인시킨다. 나아가 외삼촌이 실종된 강가 근처를 산책하는 주인공에게 펼쳐지는 다음 풍경은, 이 소설이 왜 표제작이 될 수밖에 없었는지 선뜻 동의하게 만든다. "그곳은 막다른 골목이 없는 편이었기에 둔치를 계속 걷다 보면 웃자란 풀들이 얼굴을 간지럽힐 때도 있었고 갑자기 넓은 공원이 성큼 눈앞에 나타날 때도 있었다. 그러면 나는 잠깐 어리둥절하게 서서, 넓고 길게 흐르고 있는 푸른 강을 배경으로 두고 공원에 있는 사람들을 구경했다"(p. 76).

이 소박한 진술이 어떤 것인지 우리는 어렵지 않게 알아차릴 수 있다. 이것은 단지 외삼촌의 부재를 견뎌내는 화자만의 예외적이고 독점적인 감각이 아니다. 우리 일상의 생각지 못한 휴식 같은 풍경, 접힌 주름이 펴지면서 감춰졌던 비밀이 언뜻 모습을 드러낸 순간, 혹은 불현듯 나타나 우리를 당황스럽게 하지만 이내 노곤하게 만드는 순간. 지금 이 소설의 화자는 그런 것에 대해 이야기하고 있다. 구원은 바깥에 있지 않다. 상실 – 부재의 장소는 오히려 오아시스일 수 있고, 형벌 같은 삶에도 한 조각의 윤슬은 감추어져 있다. 누군가의 실종=죽음을 상기시키는 장소는 이렇게 전혀 다른 장소로 스미듯 변용된다. 이것은 파천황적 달라짐을 의미하지 않는다. 생과 죽음이라고 구획된 것들은, 명사형의 존재가 아니라 동사형의 생성들이다. 접혀 있던 주름이 반대쪽으로 다시 접히는 이미지도 떠올려보자. 끊임없이 변용되고 생성 중이고 어디론가 흘러가고 있는 세계를 작가는 미시적으로 감각한다. 무엇도 고착시키거나 기념하려 하지 않는다. 무언가에 스며들듯 달라져감을 알아차리는 순간, 그러나 움켜잡을 수 없는 그 장면들을 작가는 본다. 그 자리를 떠나지 않으며 그곳이 결국에는 다른 장소로 이행 – 변용될 가능성에 시선을 둔다.

상실 – 부재는 결국 애도의 문제일진대, 이를 심리적인 것 너머 존재론적인 것으로 읽게 하는 장면은 「럭키 클로버」에서도 또 다르게 엿볼 수 있다. 사라진 엄마의 자두 농장을 돌보는 주인공에게 어느 날 친구를 자청하는 여덟 명의 클로버 병정이 찾아온다. 그들은 주인공의 친구이자 농장의 파수꾼 역할을 해준다. 병정들은 "번성하는 여러 개의 생명력을"(p. 166) 보여주고, 애써 재배한 열매를 수확하는 주인공을 '뿌듯하고 기쁘게' 지켜봐준다. 이 소설 특유의 활기는, 세상에 알려진 어떤 표상으로 환원하기 어려운 '클로버 병정들'에게 빚지고 있다. 어쩌면 클로버 병정들은, 소설 속 불가해한 공백(엄마의 실종을 둘러싼)에 결코 도달할 수 없음을 알면서도 어떻게든 가닿아보고자 하는 간절함의 소산이다. 하지만 그들이 자두 농장의 일상 어딘가에서 출현했음을 기억해두자. 이때 현실/환상은 배타적 선택지가 될 수 없다. 환상 역시 현실의 바깥에 있는 것이 아니라, 현실의 아직 펼쳐지지 않은 조밀한 주름들에 깃들어 있을지 모른다. 세상의 모든 견고한 구획과 경계는 클로버 병정들 앞에서 한없이 허약해진다.

요컨대 「럭키 클로버」 역시 그저 남은 자의 이야기, 혹은 자기를 돌보는 이야기만은 아니다. 이 소설의 마지막 문장인 "그래. 거기에 죽어 있으면 좋겠다. 나에게 끝을 보여주는 거라면 좋겠다. 그러면 그만 용서해야지 생각하면서"(p. 175)에 이르면, 이 이야기는 내내 어떤 빈 곳 주위를 맴돌고 있었음을 알아차릴 수 있다. 이것은 불가해한 공백으로부터 연원하는 이야기다. 하지만 그 공백은 단지 인식이 도달할 수 없는 너머의 것이 아니다. 그 공백조차 실은 아직 현시되지 않은 주름 혹은 잠재태에 가깝다. 김채원의 소설은 초월을 이야기하지 않는 것이다. 이에 참고해 읽어볼 만한 장면 하나도 잠시 덧붙여본다.

주인공은, 교회 성경 학교에서 '숭고'에 대한 이야기를 진지하게 주고받고 있다. 이때의 숭고란 "뜻이 높고 고상한 것. 절대적 가치를 지니고 있어 인간으로 하여금 우러러보고 본받아 따르고자 하게 만드는 것"(p. 160)의 의미를 가진 것으로 진술되고 있다. 그런데 그 대화는 어디선가 날아온 골프공에 의해 중지된다. 어떤 '의미'로 수렴되어가던 순간은 이내 산산조각 난다. 그럼에도 주인공은 그런 것에 아랑곳 않는 온화한 바깥 풍경을 "제대로"(p. 162) 본다. 날아온 공에 의해 창문이 깨어지는 장면은, 어떤 신적인 것·초월성·피안彼岸에 정향된 가치가 무화되는 의미처럼 읽힌다. 마치 김채원 소설들의 원풍경처럼 보이기도 한다. 확정된 의미를 유예하거나 그 의미의 토대를 흔들리게 함으로써 재현·표상의 문법에 균열을 내기. 초월적 외부 혹은 이른바 총체성에 강박하지 않기. 산산조각 난 파편을 그러모아가며 아직 알려지지 않은 무언가를 만들어가고 있는 누군가의 뒷모습이 여기에서 어렴풋이 감지되지 않는가.

4. 독점되지 않는

앞서 이 소설집의 어떤 풍경들은 걷는 행위에 수반된다고 적어두었다. 풍경이란 늘 어떤 위치의 시선과 내면이 성립하면서 동시에 발견된 것이라고들 해왔다. 화폭 어딘가에 맺힌 소실점이 그 시선과 내면의 위치를 암시한다.

하지만 김채원 소설들 속 풍경은 움직임의 흐름을 암시할 뿐 정확히 어느 위치(누구)의 시선에 의한 것인지 변별하기 어렵다. 어떤 사유나 발화가 반드시 개체individual적인 것이라고 확신할 수도 없다. 대상 세계를 독점해도 될 위치를 부여받아온 시점이라는 근대소설의 장치는, 이 소설들 속에서 의도적으로 교란되고 있다. 이제 마지막 수록작 「다섯 개의 오렌지 씨앗」을 생각해본다.

이 소설은 오렌지나무를 돌보고 요양병원 수영장에서 일하고 혼자 소설을 쓰고 읽는 노인의 이야기로 재개발을 앞둔 낡은 아파트 5층 복도에서 아래를 내려다보는 노인의 장면으로부터 시작한다. 하지만 읽어갈수록 이것이 누구의 시선=발화인지 분간할 수 없어진다. 시선=발화의 의미를 분별시키는 부호들(마침표, 따옴표, 쉼표)이 최소화된 것의 효과일 것이다. 하지만 이 의도된 뒤섞음과 혼돈에도 분명 맥락은 있다. 이 소설의 마지막 대목은 이렇다. "다섯 개의 오렌지 열매를 고르는 동안 사람들의 목소리가 이어졌고 구아미는 사람들의 목소리가 제멋대로 자신의 머릿속을 침범해 헤집고 돌아다니도록 내버려두었지 풍경이 그랬듯"(p. 237).

즉, 이 소설에서 시선·발화·사유 등은 보는 이나 쓰는 이에게 독점되지 않는다. 소설의 표면적 화자(구아미)의 진술은 자기 머릿속에서 웅성거리는 목소리들이다. 지금 이 소설은 어쩌면 어떤 누빔점으로서의 주체로 환원할 수 없는 무수한 존재의, 아직 문장이 되지 못한 말의 웅성거림 자체다. 특히 "아름아 너 왜 자꾸 살아나는 거야 구아미가 물을 때마다 오아름은 웃었지 내가 정말로 죽으면 소설 속에서 되살아나지 않겠지 영영 죽어버려서 가만히 있겠지 좋을 거야"(p. 234)라는 대목에서와 같이 화자는 오래전에 자살한 친구 오아름과 여전히 함께 있다. 현행 세계의 말로 바꿔본다면, 죽은 이의 환영·환청에 시달린다거나 죽은 이를 떠나보내지 못하는 남은 이의 심리적 상태 같은 식으로 이야기될지 모르겠다.

하지만 김채원의 소설이 현실/환상식의 대타적 구도를 무화하는 장면이 이미 확인되었다. 그렇다면 방금 전 진술은 그것보다 더 큰 주제를 떠올리게 한다. 어쩌면 「다섯 개의 오렌지 씨앗」의 남은 자(구아미)는 잊지 않기 위해 쓴다. 또 다른 소설 속 인물들은, 보내지 않기 위해 걷는다. 잘 알려져 있듯, 애도와 우울 모두 대상의 상실에 대한 반응이다. 대상에 대한 에너지를 잘 회수하여 일상으로 복귀하면 애도는 끝나지만, 그 상실을 떠안고 대상에 자신을 동일시하는 메커니즘을 우울(멜랑콜리)이라고 했다. 그런 이유에서 문학과 예술은 우울을 더 윤리적인 태도이자 방법이라고 간주해왔다. 이것은 곧 죽음과 더불어 살아가는 일이라는 주제를 수반한다. 가령, 사라진 대상은 분명 주체 안에 이미 존재했다. 존재했던 그것은 늘 흔적을 남긴다. 그 흔적을 지닌 주체의 일부는 '자기다움'이라고 여겨지는 무언가를 넘어선다. 요컨대, 사라진 대상에 대한 이 소설들의 애착은 "다른 이들에게 진 빚을 의미하는 기호로 살아 있게 만드는 일"*에 가까워 보인다. 이 소설 속 '부재'(혹은 공백)는 곧 소멸이나 사라짐을 의미하지 않는다. 그것은 오히려 영속적으로 누군가들에게 남을 흔적이고 그 흔적은 또 다른 누군가들에게 연쇄되기 마련인 것이다.

다른 소설 속 문장을 빌리자면, 이것은 어쩌면 "엄마가 죽었다. 외할아버지가 노인이 되었다"(「외출」, p. 186)의 세계이기도 하다. 마침표로 구획된 저 두 문장 사이의 거리를 생각해보자. 저 문장들은 어쩌면 '엄마가 죽은 후 단번에 노인이 될 정도로 외할아버지는 슬픔의 심연에 빠져버렸다'는 문장의 미달태처럼 보인다. 그도 그럴 것이, 소설 이론의 교과서들은 연대기적 시간과 인과라는 중요한 요소가 소설을 성립시키는 이른바 '플롯'의 필수 요소라고 말해왔기 때문이다. 단순 사건의 나열인 스토리에 비해,

---

* 사라 아메드, 『감정의 문화정치—감정은 세계를 바꿀 수 있을까』, 시우 옮김, 오월의봄, 2023, p. 145.

플롯은 인간의 지성을 구조화한 것이라고 여겨왔다. 하지만 김채원의 소설은 빈번하게 '엄마가 죽은 일'과 '외할아버지가 노인이 된 일' 사이에 심연을 만든다. 이 두 문장 사이를 간명한 인과로 메울 수는 없을 것이다. 오히려 침묵하거나 생략하거나 다른 것을 말함으로써 언뜻 환기되는 진실이 있다. 어쩌면 내내 이야기해온 상실−부재가 심리적인 것에 고착될 수 없음은 이렇게 더 부연할 수 있게 되었다. 『서울 오아시스』는 비어 있음, 공백을 방법화하는 소설집이다. 작가는 인식과 지성을 통해 이 세계를 장악할 수 있다고 여겨온 우리의 오랜 믿음 체계가 아니라, 불가해함으로 인해 아이러니하게도 끝끝내 포기할 수 없는 공백 쪽에 서 있다. 사라짐, 공백으로부터 시작하는 이야기. 그렇기에 무한한 이야기가 이어질 그곳. 『서울 오아시스』를 조심스레 여기 두어본다.

*

　주위가 붉게 물들고 점점 어둑어둑해지다가 이내 깜깜해져버리는 일련의 흐름이 어떤 것인지 우리는 안다. 깜깜한 사위가 점점 밝아오다가 어느새 반짝거리는 눈부심으로 가득 차는 그 흐름에 대해서도 우리는 안다. 아침, 저녁,

반 같은 명사의 말들로 구획 지어 말할 수 없는 이 세계의 풍경 속에서 우리는 살아간다. 그 풍경에 우리 몸의 입자들은 뒤섞여 있고, 함께 어디론가 흘러가고 움직이고 변용한다. 거기에는 일직선의 시간이 흐르는 것이 아니라, 그저 움직임과 흐름과 변화가 있다.

이것은 『서울 오아시스』 앞에서 내내 맴돈 이미지이다. 물론 이런 이미지는 소설에 대한 불완전하고 부정확한 주석일 뿐이다. 하지만 이 미끄러짐이야말로 이 세계 – 나 사이 관계의 실체라는 것. 그리고 움켜쥘 수 없지만 감각할 수는 있는 세계에 대한 몸의 말들이 곧 진실의 한 자락이라는 것. 김채원의 첫 소설집 『서울 오아시스』는 바로 이러한 미끄러짐과 어긋남을 신뢰할 수 있게 한다. 그 무수한 미끄러짐과 어긋남, 그리하여 어떤 빈 곳이 곧 무한의 이야기를 만들 것이라고 우리를 고무한다. 이 소설들은 '과녁은 하나여도 그곳에 도달할' 수많은 길을 독려한다. 부재는 곧 사라짐이나 소멸이 아니라고 역설한다. 부재를 껴안고 사는 삶에 용기를 준다. 격자格子에 의해 구조화되기 이전의 세계를 상상하게 한다. 애초에 누구의 것도 아니었고 아직 그 무엇도 되지 않았던 사유와 감정과 말 들이 웅성거리고 있는 지대, 그 자체의 가능성을 이 소설들은 환기한다.

어쩌면 모든 창작은 아직 만나보지 않은 이들을 멈춰 세우는 세이렌의 멜로디다. 세이렌은 들어본 적 없는 멜로디로 사람들을 매혹한다. 그것은 듣는 이에게 호소하지 않고, 오히려 듣는 이를 만든다. 지금 『서울 오아시스』는 아직 존재하지 않는 독자에게 말하고 있다. 그리고 우리는 이제까지 만난 적 없던 세계 앞에 서 있다. 이 소설들은 아직 있어본 적 없는 독자를 만드는 세이렌의 노래, 그리고 이야기다. 그러니 김채원의 세계에 발을 딛는 것은 바로 지금 우리 앞에 놓인 일종의 필연이다.

첫 소설집을 묶게 되었다. 소설집을 묶는다는 말이 어째서인지 좋아 그 말을 처음으로 쓰게 될 날을 남몰래 기다리기도 했다. 첫 소설집을 묶게 되었다고, 정말로 쓸 수 있어 기쁘다. 소설을 쓰는 삶이 나의 삶의 일부가 되었다는 사실이 아직은 생소하고 가끔은 어렵고 이따금 기쁘다. 나에게 우연히 삶이 주어졌듯이, 소설 또한 그와 같은 방식으로 주어졌음을 새삼 실감하고 있다.

이 책에 실린 여덟 편의 단편소설은 소설이 무엇인지 생각하기 이전에 내가 무엇인지 생각하며 쓴 것들이다. 그러니까 내가 나에 대해서만 생각하며 쓴 것들이다. 나는 글쓰기가 타인을 생각하며 할 수 있는 일인지 아직은 잘 모르겠다. 오직 자기 자신에 대해서만 쓴 누군가의 글에서 자기 자신을 발견하는 자기 자신만이 있을 뿐인 것 같다.

그런 면에서 글쓰기의 이기적이고 자폐적인 무언가가 나를 살게 했다. 살아갈 방법을 전혀 찾지 않고도 살 수 있는 사람이 있다는 것을 안다. 하지만 나는 살아갈 방법이 필요한 사람이고, 그 방법이 소설이라고 말할 수 있는 사람이 되고도 싶다. 그렇게 될 수 있다면 말이다. 그렇게 될 수 있다면 그렇게 되고 싶다.

「현관은 수국 뒤에 있다」는 동우, 석용, 성아가 나란히 걷는 뒷모습을 보기 위해 썼다. 자살한 친구 유림이 이내 쉴 수 있도록 그에 대한 것은 아무것도 떠올리지 않으려는 세 사람의 뒷모습을 지켜보고 싶었다. 그리고 마지막 장면에서, 골목에서 마주친 아이의 시선으로 초점을 옮겨 이들을 소설 바깥으로 영영 밀어내고 싶었다. 내 뜻대로 잘되었을까? 잘되었다면 이런 말을 적지는 않았을 것이다. 소설을 다 쓰고 나서 집 근처 천변을 오래 걸었던 기억이 난다. 소설 속 날씨와는 정반대로 몹시 추운 날이었고, 한겨울의 한기에 이상하게 자꾸 들뜨던 날이었다.

「빛 가운데 걷기」는 저지른 잘못이 없는 이가 느끼는 죄책감에 대한 소설일지도 모르겠다. 그럴지도 모르겠다고 말하는 것이 어딘지 겸연쩍지만 정말로 그렇다. 처음 쓸

때는 '생활'이라는 단어만 생각했다. 노인과 아이의 생활이 이어지도록 이음매를 만드는 것이 중요했다. 쓰는 도중에 노인의 상태 중 한 면을 알게 되었는데 그것이 죄책감에 가까운 무엇이었다. 맞나, 아닌가, 하며 계속해서 썼다. 죄책감이라는 단어를 사용하는 것이 내키지는 않는다. 하지만 노인은 자신이 저지르지 않은 잘못에 대한 죄책감 때문에 어쩔 도리 없이 걸어야 했던 것 같다. 그 죄책감으로부터 도망치거나 때때로 맞서면서 자신의 생활을 이어나갔던 것 같다. 지금의 나는 그렇게 생각하고 있다.

「서울 오아시스」는 강물에 비치는 외삼촌의 얼굴, 아파트 불빛, 폭죽, 독성이 있는 비, 깨끗하게 닦인 두 손과 기도를 떠올리며 썼다. 뭔가 잘 안되는 게 있는 사람들을 떠올리며 썼다. 이 소설에 등장하는 여러 요소는 전부 내 것이기도 하고 아니기도 하다. 그렇기도 하고 아니기도 하다는 당연한 말을 굳이 덧붙이고 싶을 만큼의 나의 것을 썼다. 나에게 소중한 무언가를 너무 빨리 써버렸다고 생각한다. 너무 빨리 써버려서 다행이라고 생각하기도 하고, 사실은 그런 게 아니라고 변명하고도 싶다. "어떤 사람은 건강하지 않아도 오래 살 수 있다"는 문장은 나를 배신한 적이 있지만, 나는 여러 번 배신당하더라도 이 문장을 믿는다.

「쓸 수 있는 대답」의 유림은 「현관은 수국 뒤에 있다」의 유림과 동일 인물로 이 소설은 그가 자살하기 전의 이야기를 짧게 쓴 것이다. 길게 쓰기 어려워 다소 짧게 썼고, 두 소설은 따로 읽어도 무방하고 같이 읽어도 무방하다. 무엇이 문제인지 묻는 이에게 과연 꼭 맞게 떨어지는 대답을 할 수 있는지에 대해 궁금해하며 썼다. 머릿속에 물이 차듯 그 질문이 끼어들 때마다 그럼 할 수 있지, 대답할 수 있지, 우기면서도 할 수 없음을 알았다.

「영원 없이」에 나타나는 시간성은 나에게 있어 은쟁반에 놓인 작은 쇠구슬 같았다. 잰잰 소리를 내며 굴러다니지만 어지간한 힘이 작용하지 않는 이상 그 안에 머무는 속성을 지닌 것. 여기서부터 저기까지 제자리, 나아가지지 않음. 소설에서 어지간한 힘이라는 게 발생하지 않았으므로 내가 할 수 있는 일은 단지 눈이 아주 많이 내린다는 문장을 쓰는 것이었다. 정부영이 눈이 내리기를 기다리고 있었기 때문이다. 내가 눈이 내린다고 쓰면 그곳에 눈이 내린다는 사실이, 아주 많이 내린다고 쓰면 아주 많이 내린다는 사실이 단순하게 놀라웠다.

「럭키 클로버」를 쓰는 동안에는 살아 있다는 감각 이래서 온전히 버겁고 즐거웠다. 살아 있다는 게 이렇게 가볍고, 고요하고, 죽은 듯이 맹렬할 수 있구나. 그 맹렬함이 여덟 갈래로 쪼개져 여덟 명의 클로버 병정이 되었다. 자영에게 필요한 자영의 친구들, 병정들에게 필요한 병정들의 자영이, 나에게 필요한 나의 소설이었다. 소설의 첫 장면에 언급되는 템파레이의 노래를 찾아 들었다는 독자를 만난 적이 있는데, 어떤 곡을 들었는지 묻고 싶었으나 네, 그렇죠, 좋죠, 하고 어색하게 대꾸하기만 했을 뿐 묻지는 못했다. 어느 날에는 자영이 홀에서 들었던 것과 같은 노래를 작가가 소설을 쓰는 동안 들었을지 궁금하다는 짧은 코멘트를 읽기도 했다. 그런 사람들이 있다는 게 신기하고 재미있었다. 자영이 홀에서 들었던 템파레이의 노래는 「소나티네そなちね」이고, 이것은 자영이 선곡한 것이 아니라 랜덤으로 재생되었으며, 나는 소설을 쓰는 동안 아무 노래도 안 들었습니다.

「외출」은 혼자 말하느라 분주한 영혼에 대해 생각하며 썼다. 영혼이라는 게 있다면, 하고 몸과 따로 떼어내 생각한 것이 아니라 영혼이라는 게 생생히 살아 있는 채로 내 옆에 있었다. 한쪽에서는 일도 하고 술도 마시고 병원에도 다니면서 말이다. 말이 몹시 많은 영혼인데 그 말이 자기 자신에게 고여 있어 안쪽에서 계속 울리기만 하고, 울리는 말을 가만 듣고 있다 보면 무슨 말인지 알겠다, 싶은 것도 있고 자기만 알고 있는 걸 반복해서 말하고 있네, 싶은 것도 있고 아무튼 살아 있는 약한 영혼이었다. 원래 정신을 가지고 있으면 말이 많고 약하다고 한다. 어디에서 읽었는지는 잊어버렸다. 태어나자마자 누군가의 삶을 방해했다고 생각하는 영혼에게 그렇지 않다고 말해주었다면 좋았을 것이다.

「다섯 개의 오렌지 씨앗」은 소설이 마치 하나의 덩어리로 존재했으면 하는 마음으로 써보았다. 문장과 문장이 엮여 다발처럼 쌓여가는데 마침표를 제때 찍지 못하고 횡설수설하는 상태로 썼다. 어쩌면 횡설수설하는 상태로 보이도록 횡설수설하지 않고 썼을 것이다. 한 인간이 풍경의 일부일 때, 그가 참고 있는 것들과 풍경이 참아주는 것들을 묘사해보고 싶었다. 구아미가 단번에 노인이 되어버린 상황이 유난하지 않고 응당 그러한듯 받아들여지길 원했는데 어떻게 읽힐지는 모르겠다(나 모르게 잘 읽힐 거라고 생각한다). 수영장이 나오는 장면을 한 번쯤 쓰고 싶었는데 정말로 쓰게 되어 좋았다.

한 권의 책을 만드는 동안 많은 사람의 도움을 받았다. 어떤 이름은 나만 알고 있겠지만 어떤 이름은 책의 곳곳에 평론가로서, 편집자로서, 디자이너로서 가만히 새겨져 있을 테고 그것이 좋다. 그들이 살아가며 일구는 토양의 일부분을 내가 함께 걸어볼 수 있었다는 것, 내가 일구는 토양의 일부분을 그들이 함께 걸어주었다는 것이 나에게 의미가 있다. 상상해본 적 없는 일이니까 말이다. 과거 언젠가의 내가 그랬듯이, 누군가는 나의 이름이 아닌 다른 이의 이름을 찾아 읽기 위해 이 책을 펼쳐보기도 할 것이다. 편편이 흩어져 있던 원고들을 묶어 이렇듯 어엿한 한 권의 책으로 만져볼 수 있게 해주신 김미정, 이주이, 유자경 세 분께 우정과 감사의 마음을 전한다. 가깝고도 먼 곳에서 나 또한 언제고 당신들을 응원하고 있겠다.

　나 혼자 도움 없이 살고 있는 것 아니고 여럿이 함께 살고 있음. 그것을 잊지 않고, 그 한편에서 외따로 도움받지 못한 나의 소설을 계속 쓰겠다.

　이 책이 건강하게 오래오래 살아가기를 바란다.

2025년 1월

김채원

수록 작품 발표 지면

현관은 수국 뒤에 있다 『경향신문』 2022년 신춘문예 당선작

빛 가운데 걷기 〈문장웹진〉 2022년 7월호

서울 오아시스 『문학과사회』 2022년 가을호

쓸 수 있는 대답 『문학3』 2020년 3호

영원 없이 『미안해 솔직하지 못한 내가』, 안온북스, 2023

럭키 클로버 웹진 〈비유〉 2023년 11/12월호

외출 미발표작

다섯 개의 오렌지 씨앗 『자음과모음』 2024년 겨울호